ゆめ結び
むすめ髪結い夢暦

倉本由布

集英社文庫

目次

ゆめ結び

むすめ髪結い夢暦

一　ゆめ散らし

一

卯野は興味津々、女髪結いの手もとを眺めた。

頭のてっぺんに、根になる髪がまとめられたところだ。次に、襟足に髱を作る。手際よく髷差しを入れ、あっという間にふっくらとした美しい髷が出来上がった。

仕上がりを確かめるためか、女髪結いは髷を右手の甲で撫で上げた。いとおしげに、やさしく、まるで髪にぬくもりを与えているかのようだ。その仕草にも、卯野は見惚れた。

続いて鬢、前髪、てきぱきと女髪結いは仕事を進めてゆく。

三月に入り、雛の節句も過ぎると、急に春めいてきた。障子も襖も開け放たれて、奥向の居間には時折、しっとりと温かな風が舞い込んでくる。

結われているのは、兄嫁・千世の髪である。

代々、北町奉行所の吟味方与力をつとめてきた浅岡家では、その日初めて、女髪結いというものを呼んだのだった。

髪を自分で結うことは、武家でも町家でも女として当然のたしなみとされている。しかし、千世はどうにも不器用で、どれほど懸命に結ってもたるみが出、一日ももたずにほつれてくる。

一方、卯野は、十にもならないころから器用に髪を結ってきた。

自分の髪を結うというのは、目には見えぬものを自在に扱うという厄介な技だ。子どものころから何度も結い、手に感覚を馴染ませてやっと、なんとかなるといったところなのだ。

なのに卯野は、誰に教わらずとも自然に覚えてしまった。

髪結いは大好きだ。十六の今、自分でも呆れるほど楽しくてならない。出来ることなら日に何度でも髪をほどき、あれこれ気になる髷を試してみたい。

そんなふたりであるために、自然、卯野が千世の髪を結うようになった。

ところが昨日、並んで縫いものをしていた卯野の耳に、千世が、

「実は明日、髪結いを呼んだのです」

くちびるを寄せ、ささやいたのである。

卯野は思わず、向かいでやはり針を運ぶ母・八重の様子をうかがった。

八重は、八丁堀与力の奥方はこうあるべき、という道から外れるようなことはしない物堅い女だ。どちらかというと静かな質で、子どもたちにも嫁にもあれこれうるさく口を出してはこないため、卯野が髪結いに夢中であるのをどう見ているのかはわからない。が、女髪結いを呼ぶとなるとさすがに眉をひそめ、反対の声を上げるのではないかと心配したのだった。

卯野の目の先に気づき、千世は微笑んだ。

「お義母さまのお許しはいただきましたよ」

「まあ」

卯野は目を見張った。

なにゆえ母が許したのかは見当もつかないが、卯野の胸は躍りはじめた。

思ってもみなかった機会が訪れたのだ。女髪結いは、卯野にはあこがれの存在だった。

結ってもらいたいのではない、結うところを見てみたい。

出来て当たり前のたしなみとして結うものでなく、お代をいただく、仕事としての髪結いとはどんなものであるのだろう。

卯野が期待をふくらませる中、浅岡家にやって来たのが、この女髪結い、お蔦であった。

利休茶(りきゅうちゃ)と淡い藍(あい)を取り合わせた縞(しま)の着物を粋に着こなす、ほっそりとした柳腰の美女だ。

襟元には下衣(したごろも)の、きつすぎない紅が重ねられている。髪はと見ると、高く根を取り、髷はちいさめ、真っ赤な玉簪(たまかんざし)が挿してある。着物も髪も地味にまとめられた中、添えられた赤が粋に際立つ。

女から見ても、はっと惹(ひ)かれるような華があるひとだ。着こなしや髪から、素人ふうではない艶(あで)やかさが感じられもし、ひとの髪を結うという地味な仕事をする女の印象とは大きく違う何かがあった。

実際、意に染まぬ仕事は決して受けず、気に入らぬ女の髪には決して触ることがないという。その潔さと腕の確かさが評判となり、今、江戸で一番人気の女髪結いなのだ。

お蔦は、きりりと襷(たすき)をかけ、いらぬおしゃべりはせず千世の髪に向かった。

丸髷を結っている。新妻である千世に合うよう、少し大きめの髷が作られた。根元には撫子色(なでしこいろ)の縮緬(ちりめん)の手絡(てがら)。最後に鼈甲(べっこう)の櫛(くし)を挿す。

「いかがでしょう」

お蔦は千世に、合わせ鏡で髷の様子を示してみせた。

卯野も身を乗り出し、鏡ではなく直(じか)に仕上がりを確かめた。

ふんわりと丸い髷が美しい。見た目はとてもやわらか、しかし根がしっかりと結われているため、簡単には崩れそうもない。

ちら、と、お蔦が卯野を見た。

「素晴らしい仕上がりです」

千世より先に、目を輝かせた卯野がお蔦の問いに答えてしまった。

お蔦は目尻にやさしい皺（しわ）を寄せ、微笑んだ。

「ありがとうございます」

千世は熱心に鏡を見つめて思案したあと、心配げに卯野を振り向く。

「これなら、旦那さまも気に入ってくださるかしら」


髪結い代は、十八文。

昔は百文したともいうが、今は庶民の手にも届くほどまで落ちている。

もともと、男の髪を結う商いはあっても、女のための髪結いなどいなかった。もちろん、女は自分の髪を自分で整えてきたからというのがその理由だ。

ところが、女たちの、より美しく装いたいという願いはふくらみ、様々な髷がくふうされてゆく。それを生み出すのは、玄人筋の女たちや、町の女でも器用であったり粋であったりする特別な手をもつ者たちだ。他の皆も、それを真似（まね）してきれいになりたい。が、どれも複雑で難しく、自分で簡単に結えるようなものではない。

そこで、きれいになりたいという皆の願いを叶（かな）えるべく、女髪結いが生まれた。

まずは上方（かみがた）で始まり、やがて江戸にも現れて、いまやその数は随分と増えている。値が落ちたのは、そのためだ。

しかし、寛政（かんせい）七（一七九五）年というから今より四十年ほど昔、お上が女髪結いを取り締まることもあった。

当時、相次ぐ天災や飢饉（ききん）、老中・田沼意次（たぬまおきつぐ）の政策の手詰まりなどにより経済は悪化、江戸の幕府は大きな転換期を迎えていた。田沼の失脚後、松平定信（まつだいらさだのぶ）の改革が始まり、質素倹約が奨励される中、女が髪結いを頼むのは贅沢（ぜいたく）とされた。

とはいえ取り締まりは手ぬるく、女髪結いたちが他の生業（なりわい）を見つけて生活を落ち着けるまでは罪に問わないというもので、当然、誰もお上にはしたがわない。

江戸文化が爛熟（らんじゅく）した文化・文政という時代には女たちの髪はさらに華やかさを増し、女髪結いの仕事も増えていった。

その後の経済の立て直しはままならず、近ごろはまた、老中・水野忠邦（みずのただくに）により質素倹約が叫ばれているそうだが、今のところ、卯野には実感のない話であった。

門まで、卯野がお蔦を見送った。

お蔦は手に、道具箱を提げていた。

鏡台を小ぶりにしたようなもので、三段の抽斗（ひきだし）が付いている。中には先ほど使っていた櫛などの仕事道具がしまわれているのだろう。

卯野が道具箱を見つめているのに気づき、お蔦は微笑んだ。

「珍しいものではございませんよ」

「でも、とてもきれいです」

抽斗の表にはそれぞれ、桜、牡丹（ぼたん）、撫子と、花の文様が彫られているようだ。持ち手が、お蔦のてのひらに馴染むよう、なめらかに削られているのもわかる。いかにもお蔦の持ちもの、といったふうに女らしく艶やかな道具箱であった。

「女髪結いの皆さまは、いつでもそのような箱を提げていらっしゃるのですか」

「そうですね。お客さまは皆、愛用のお道具をお持ちですからそれをお借りすることもあると聞きますが、あたしはこの中の道具しか使いません。慣れた道具でないと、どうにもいけないのですもの。だから、これを持ってゆきます。いつでも、どこへでも」

なかなかの重さがありそうな道具箱を、お蔦は、ひょいと掲げてみせた。

華奢（きゃしゃ）に見えるひとなのにと、卯野は感心した。

「お嬢さまは、髪結いがお好きなようでございますね」

「わかりますか」

「あたしの仕事を、食い入るように見ておいででしたもの」

子どもをからかうやさしい目で、お蔦は卯野を見た。

卯野はすっかり嬉しくなり、おしゃべりが止まらなくなった。

髪をまとめるときの力の入れ具合、髪飾りの色の粋な添え方。日ごろ気になっていたことを訊ね、しまいにはこんな秘密まで話してしまった。

「時折、にぎわう場所までひとりで出かけて、通りすがりの女のひとたちを見るのです」

「にぎわう場所」

「はい。日本橋とか永代橋とか。橋のたもとが一番ですよ。わくわくするほどたくさんの人を見られます」

卯野は、そこでたくさんの女たちの後ろ姿を見る。

子どもが姉さま人形を楽しむのとおなじ気持ちだ。髪型や帯、着物の柄の裾模様など、

「きれいなものは、女のひとの、後ろ姿にありますよね」

卯野の言葉に、お蔦は微笑した。

「きれいなものが、お好きでいらっしゃいますか」

「はい」

それが何とは問わず、女の髪も着物も、道端の花も空の色も他にもたくさん、きれいなものを見たときに、きれいと呟き胸を躍らせるのが一番の幸せだ。

「お出かけは、おひとりで、でございますか」

「はい。こっそりと出かけるの。ひとりでないと、じっくり眺めてはいられませんもの」

「無用心が過ぎますよ。供をお連れなさいませ」

大げさに呆れ果ててみせるお蔦を面白がり、卯野は笑った。

「屋敷に戻ったらすぐ、自分の髪をほどくのです。きれいだなと思った通りに結いなおしてみるの。楽しくてたまりません」

お蔦は、困ったものだというふうに首を振った。

「お武家のお嬢さまならそれらしく、おとなしくしていらっしゃるのが一番ですよ」

話を切り上げ、暇を告げた。

すっきりと背すじの伸びた後ろ姿も、お蔦はとても美しい。

きれいな女だ。

うっとり見送り、踵を返すと、驚くほど近いところに人の顔があった。

飯島駒の顔である。

八丁堀の組屋敷に住まう者のひとりで、夫の飯島治三郎は年番方の与力。常に何か不満を抱えているように見える、目つきの暗い陰気な女だ。

卯野の喉から、ひっ、と悲鳴がもれた。咄嗟に、挨拶の言葉も出てこない。

駒のほうも黙ったまま、しばらく無表情に卯野を見ていたが、やがて、

「あれは」

顎を軽くお蔦の後ろ姿に向けて上げ、訊ねた。

人を指して、あれ、とはなんと失礼な。卯野は眉をひそめた。それでも慇懃（いんぎん）に答える。

「当家で呼んだ、髪結いでございます」

駒は、じいっとお蔦の背を見ている。

「髪結いを呼んだのは、どなたですか」

厳しく、駒は訊ねてきた。

「義姉（あね）でございます」

答えて卯野は会釈をし、さっさと門の内に逃げ込んだ。

卯野が奥の居間へ顔を出すと、千世はそわそわと鏡をのぞいていた。見事な髪の仕上がりが、よほど嬉しいようだった。

その後、ふと気づくと姿が見えない。女中のお藤（ふじ）に訊ねると、台所で夕餉（ゆうげ）の支度の指図をあれこれしたあと、

「すぐに戻ります」

とだけ言い置き、出かけたという。

そのまま、夫の周太郎（しゅうたろう）が帰宅しても戻らない。さすがに皆が心配を始めたころ、やっ

と、慌てた様子で周太郎の居間へ駆け込んできた。

小声で謝りながら、着替えを手伝っていた卯野の手から帯を受け取った。

「どうかしたのか」

夫に訊ねられても、いえ何も、と言葉は少ない。

どことなく浮かぬ顔をしているように見えるのは、卯野の気のせいだろうか。

やがて、周太郎の夕餉の膳が運ばれた。千世の様子が気になり、卯野もその場に残った。

浅岡兄妹の父は二年前に亡くなり、今は周太郎が浅岡家の当主である。

町方与力は本来、一代限りのお役目とされているのだが、親の跡をそのまま継ぐ形で息子が新しく召し抱えられ、世襲が続いているというのが本当のところだ。

父の跡を継いだとき、周太郎はまだ十九と若かった。吟味方は、町奉行所に持ち込まれる訴えを、ちいさなものから大事件までひとつひとつ、くわしく調べ上げるのが仕事で、毎日が激務である。おそらく多くの苦労があったろうに、賢明な兄は、屋敷の内ではそれを決して口にしない。

生真面目、勤勉、粛々とお上のために働く、八丁堀与力の鑑(かがみ)とも噂(うわさ)される男だ。そして屋敷に戻れば、家族の誰に対しても、おだやかでやさしい。

そんな兄が、卯野は大好きなのだ。父を早くに亡くしても、兄に守られのんびりと生きてきた。

兄嫁の千世とも本当の姉妹のように仲がいい。だから卯野は千世を気づかい、周太郎が千世の髪に目を留め褒め言葉を口にするのを待っていた。

ところが、そんな気配もない。

「先ほどは、どちらへお出かけでしたの、お義姉さま」

さりげなく訊ね、周太郎が千世を見るよう仕向けてみた。

千世は周太郎の、子どものころからの許婚で、実家はやはり町奉行所勤めである。祝言は、父の喪があけてすぐだった。

周太郎は二十一。千世はふたつ下の十九。互いに八丁堀生まれの八丁堀育ちで父親同士が親しく、幼なじみの間柄であった。

千世にとって、周太郎は初恋の相手でもある。七つになった正月以来、一途に想いつづけてきたのだそうだ。嫁いできたのち、卯野にこっそり教えてくれた。

望みどおりに周太郎の妻となった今、千世は夫への思慕を隠そうともしない。朝も夕も、いそいそと周太郎の世話を焼く。

毎度の膳には必ず、周太郎の好物がひとつは乗るよう心を配っている。今宵のそれは筍で、炊き合わせはもちろん、焼き筍、木の芽あえと、筍三昧の御膳になった。

ところが堅物、野暮天の周太郎は、千世の想いを、夫への当たり前の献身としか見ていない。千世をねぎらったり、礼を言う姿など、卯野は一度も見たことがない。

近ごろ、千世はそれを寂しく思うようになったらしい。髪結いを頼んで少しでも身ぎれいになりたいと望んだのも、夫の気を引けるかも知れないと期待したからなのだろう。

千世は差し出された周太郎の盃を満たし、しばらく思案したあと、口を開いた。

「武井さまのお屋敷へ」

周太郎が、筍へ伸ばしていた箸を止めた。

「千鶴どのに会いに行ったのか」

周太郎の友人・武井虎之介の妹である。

浅岡家と武井家は両家ともに吟味方与力の役目を負う家柄にあり、浅岡兄妹の亡き父と武井家の当主・格之進とは親しく、自然、親族同然のつきあいが続いてきた。

「はい。つい、おしゃべりを過ごしてしまいました。申し訳ございません」

「虎之介は、今日も留守だったか」

ふだんは寡黙な周太郎が笑っている。

虎之介の名を口にするときは、いつもこうだ。子どものころからの気の置けない仲で、生真面目で堅い周太郎を唯一、やわらかく微笑ませることの出来る友なのだ。

「お留守でしたよ。もう三日もお戻りにならないそうです」

「三日も。どこをねぐらにしているものやら」

このまま虎之介の話になっては周太郎の目を千世の髪に向けさせられなくなると案じ、卯野は慌てて口を開いた。

「千鶴さまと、お約束がおありでしたの、お義姉さま」

「いえ」

千世は徳利を両手で持ち、胸に抱きしめるようにして微笑む。

「千鶴さまが髪結いを頼んでみたらと勧めてくださり、お蔦さんを紹介してもくださったので、そのお礼に参りました」

「髪結いを呼んだのか」

周太郎が、わずかに眉を上げた。

それは贅沢だと周太郎から咎められたりしたら千世が傷つく。

「お蔦さんは、素晴らしい仕事をなさるのよ。お兄さまも、お義姉さまの髪をご覧になって。ほら、この髷のふっくらとしていること。触りたくなりませんか。大きさも、ちょうどいいの。初々しくて素敵でしょう」

周太郎は、うっとりと語る妹の様子に苦笑いを浮かべた。

「俺には、女の髪はわからんな」

そのあと、

「母上が、よく髪結いなど許したなあ」

卯野も不思議に思ったそれを口にし、周太郎はまた筍を箸に取った。それで、髪の話は終わりのようだった。

こっそりうかがうと、千世は徳利を膝の上に下ろし、どこか落胆しているふうである。髪結いを頼んで垢抜けて、夫を驚かせようという目論見は、はずれてしまった。しかし、心づくしの筍料理には周太郎も満足しているらしい。それで良しとすべきだろうか。

周太郎は、また筍に手を伸ばしながら、

「髪結いといえば」

眉を寄せた。

このところ、日本橋界隈の筆屋、呉服屋、薬種問屋といったいくつかの老舗で、奉公人の金が盗まれるといった被害が続いているのだそうだ。

盗みのあった日には決まって髪結いが入り、奉公人たちの髪を結っている。

卯野がすぐに思い浮かべたのは女髪結いの姿だが、問題になっているのは男の髪結いだった。

男の髪を結う商いには、店を構えた髪結床と、鬢だらいという道具箱を提げて客のもとへ出向く廻り髪結いとがある。被害にあった店に出入りしている廻り髪結いが当然、まず疑われた。

ところが千代次というその髪結いは、自分は与り知らぬことだと、きっぱりと首を振った。千代次の住まいや身のまわりなど、どう洗ってみても盗まれた金は出てこず、博打や女で金に困っていたという話もない。

やがて、千代次が下手人というのなら、いかにも自分が疑われるよう、こうまであからさまに動くことはないのではないか、との見方が強まった。

とはいえ、千代次の疑いが完全に晴れたわけでもない。

「髪結いを頼むのが悪いとまでは言わんが、見知らぬ者を屋敷に入れるのなら、充分に用心したほうがいい」

もっとも、と周太郎は続ける。

「千鶴どのの紹介なら、心配はなかろうが」

妻へ目をやり、酔いもあってかめずらしく微笑んでみせたのに、千世はぼんやり徳利を抱きしめて、それに気づきはしなかった。

二

その日も卯野は、こっそり屋敷を抜け出して、日本橋のたもとまで出かけて行った。

橋は渡らず、南から北へと向かう女たちの後ろ姿に見惚れている。日本橋川の向こうには、魚河岸の蔵がずらりと並んでいるのが見える。

どれほどそうしていたものか、突然、背後で声が響き、卯野は我に返った。

「火事だよ」

商家の丁稚らしい少年が声高に触れながら走ってゆく。

途端に辺りがざわつき始めた。しかし、すぐその後をゆっくりと追ってきた女たちが、

「小火ですよ、じきに消えそうですから大丈夫」

苦笑まじりに説明しながらゆく。

それでも卯野は身ぶるいし、早く屋敷に戻ろうと、そそくさ歩き始めた。

「まあお嬢さま、また勝手に抜け出して」

お藤の小言に迎えられたが、小火の話をするとお藤は眉をひそめた。

「若奥さまも出かけておいでなんですよ。ご無事でしょうかねえ」

「だから、すぐに消し止められたのよ、近くにいたとしても大丈夫でしょう」

どこへ出かけたの、と問うと、お藤は肩をすくめる。

「わかりません」

ちょっと、とだけ言い置いていったのだという。

ここのところ、千世の様子がちょっとおかしい。

毎日、午を過ぎると姿が見えなくなる。一刻（約二時間）もすると戻るのだが、ひどく沈んだ顔をしている。

卯野に髪結いを頼んでこなくなった。なのに、見れば少しずつ髪の様子が変わっているのがわかる。一体いつ、どこで結い直しているのだろう。訊ねたくとも、千世の憂いは日増しに深まってゆくようで近寄りがたく、なんだか気がひけてしまうのだ。

母の八重も、千世は一体どうしたのかと心配している。

「周太郎のせいでしょうか」

千世のいない午後、八重は嘆息しながら、手にある茶碗を抱いた。

母と娘は水入らずで、淡い陽の溜まる濡れ縁に寄り添っていた。

憂いの理由については、卯野もおなじように思っていた。周太郎のせいに違いない。お蔦を呼んだあの日、周太郎が千世の髪にまったく目を留めなかったのが、よほど悲しかったのだろう。

周太郎は相変わらずで、黙々と奉行所に出仕し、戻れば妻の献身を当たり前のように受けている。

「髪結いなど、頼まないほうがよかったのかもしれませんねえ」

「お母さまは、なぜお蔦さんを呼ぶことを許してくださったのですか。私、とても驚きました」

「なぜ驚くの」

八重は目を見張った。

「八丁堀与力の奥方が髪結いを呼ぶなどという贅沢は許されないと、お母さまはお思いでしょう」

「でも、せっかく千鶴どのが勧めてくださったのですから。それに卯野、おまえが千世どのの髪を結ってあげているとき、ふたりともとても楽しげでしょう。きれいになることで、女は気持ちが引き立つ。それは私もおなじですよ」

鈍感すぎる周太郎に、気づいてもらえずとも献身的に尽くし続ける千世がいじらしくてならず、ご褒美のつもりだったのだ——と。

「そんなに驚くようなことですか」

八重のほうこそ、驚いている。

これは兄にも伝えねば。

と、町奉行所から周太郎が退出してくると、居間へ向かう途中を捕まえた。驚いている千世の前から連れ去り、納戸代わりに使っている一番奥の間へ引き入れる。ふたりきりになると、子どものころから変わらぬ兄いもうとの気安さに戻り、卯野は周太郎を自分の前に座らせた。

母の気持ちを話して聞かせると、周太郎は、ぼそりと言った。

「千世が近ごろ、以前のように楽しげでなくなったのには気づいておった。それは俺のせいなのか」

「まあ、気づいていらっしゃったのですか」

「俺にだって、それくらいはわかる」

胸を張ってみせる。が、だからといってどうすべきなのか、それはわからないのだと周太郎は唸った。

「簡単なことですよ」

卯野は、もったいぶって周太郎を見据えた。

「お義姉さまの髪がきれいになっていたら、きれいだよと言って差しあげればよいのです。女は、それだけで嬉しくなるものですからね」

「きれいだよ、か」

「簡単でしょう、たったのひらがな五文字ですもの」

「だが俺には、きれいなのかきれいではないのか、それすらまるでわからんのだぞ。一体、どこをどう見ればそれがわかるのだ」

大真面目に訊ねてくる周太郎に、卯野は呆れた。

「そうではないの。わかってほしいわけではないのよ。ただ、きれいと言ってもらいたいだけ。なんなら毎日、奉行所から戻られたらひと言、きれいだよ、と伝えるのはどうかしら」

「何がきれいなのか、わからぬのにか」

「だから、それでよいのですってば」

「卯野、それでは千世に対して不実が過ぎるよ」

やはり、周太郎は大真面目なのである。

卯野は結局、笑い出し、周太郎には、妹がなぜ笑っているのかがわからない。

そのとき、隣の間との境の襖が細く開かれた。そっと、千世の顔がのぞく。

「まあ、どうなさいましたの」

大笑いする卯野を見、千世の目はまんまるになる。

「とにかく、そういうことなのですよ、お兄さま」

笑いを収め、真面目な顔を作って言うと、卯野は立ち上がった。夫婦を残し、納戸を出る。

今の話が効いて、周太郎が今すぐここで上手に妻を喜ばせてやることが出来ればよいのだが、さすがに、それは無理だろう。

兄の不器用さを嘆きつつ、そんな兄だからこそ愛（いと）おしいとも、卯野は思う。

それからしばらくのち、卯野は千世に誘われ、日本橋通二丁目にある叶屋（かのうや）まで出かけた。

二月に戻ったかのような、朝から肌寒い一日だった。

日本橋通までは、八丁堀を出て楓川にかかる新場橋を渡ってゆく。供にはお藤を連れている。三人は、知らぬ間に亀のように首を縮め、風の冷たさから身を守りながら歩いていた。

叶屋は、袋物を商う店だ。様々な財布や鼻紙袋、紙入れ、鏡入れなどを扱っている。珍しい素材を使っていたり、あっと驚く仕掛けがあったりで、他では見ないくふうが評判を呼んでいるという。

「旦那さまに紙入れを、と思いましたの」

千世は、周太郎の紙入れがすっかり古びて、擦り切れているのに気がついた。

「千鶴さまにそう申しましたら、叶屋さんがいい、と」

なるほど、と卯野は頷いた。お蔦を紹介してくれた千鶴ならば、叶屋を挙げるだろう。

千鶴の名を出すと、馴染みにしているという番頭が出てきて、

「武井さまのお嬢さまからうかがっておりますよ」

愛想よく座布団をすすめてくれた。

まずは出された茶で温まる。やがて手代が、いくつかの紙入れを持ってきた。お気にいる品がなければ、お好みの生地でお作りいたしますよ、と微笑む。

あれこれ見るまもなく、そのうちのひとつを、これ、と千世は決めた。外側は地味な御納戸茶だが、開くとあざやかな色合いの唐桟。緋色に黄、藍に柳色の縞とにぎやかで

ありつつも、配色の妙で落ち着いて見える。鼻紙や薬、楊枝(ようじ)などの小物のほか、小銭を入れても不格好にふくらまぬよう、くふうがあるのもいい。

「よいものが見つかりました」

旦那さまも気に入ってくださるわ、と微笑むのにも、ただ夫を喜ばせたいと純粋に願ういじらしさが見えた。

買い物が終わり、店を出ようとしたときに、帳場の辺りからちょっとした騒ぎが聞こえてきた。

「お内儀(かみ)さん、無理をなさってはいけません」

振り向いてみると、先ほど相手をしてくれた番頭が、痩せた女の腰を支え、心配げに顔をのぞき込む姿がある。

あれが、叶屋のお内儀らしい。顔立ちは平凡なのだが眦(まなじり)がきりりと上がり瞳に籠(こ)もる力も強く、いかにも賢(さか)しげな様子を、卯野は、きれいと見て気を引かれた。

叶屋には男の子が生まれず、先代が亡くなったあと、長女が婿を取って継いでいると聞いたことがある。確かお絲(いと)という名で、それが目の利く商売人で、親の代より商いを大きくしたという。

風邪でもひいているのか顔色が悪く、ふらつく足になんとか力を込めながら、お絲は帳場にかがみ込んだ。何かを見せろと指示している。

お絲を追うように、もうひとり女が出てきた。卯野とおなじくらいの歳の娘で、振袖姿に黒繻子と緋鹿の子の昼夜帯、髪には花簪と、可愛らしく華やかな装いだ。お絲の背後をうろうろしながら声をかけているものの、お絲からは相手にされず番頭にも邪険にされ、ふくれている。

丁稚が奥から男を連れてきた。背が高く、体つきも逞しいのに物腰はやわらかで、いかにもやさしげな男だった。番頭が、旦那さまと呼びかけた。

「お絲さんはお体が弱く、ふだんから寝込みがちなのですって」

おなじものを見ていた千世が、教えてくれた。

「それなのに、商いを気にかけて、すぐに起き出して」

ほら、と男を指さした。

「お絲さんを奥へ連れ戻していかれた、あの方が、婿養子にいらした惣三郎さんですね。お絲さんが無理をなさらないよう、常に付き添っておられるおやさしい方なのですって。お幸せね、お絲さん」

千世は、羨ましげに叶屋の主夫婦をながめていた。

「あのお嬢さんは、どなたでしょう」

訊ねる卯野に、上の空で答えをくれる。

「お絲さんの妹さんでしょう」

あとは、これは旨いとやはり千鶴に教えてもらった評判の店の煎餅を求め、八丁堀への帰り道を急ぐ。

屋敷まではあと少し、亀島川沿いの通りで、ふいに声をかけられた。

「千世さま」

暗くて低い、ともすれば聞き逃してしまうような声である。

三人、それぞれに振り向いた。飯島駒の顔がすぐそばにあり、今度は三人、同時に息を呑む。どこからともなく現れる駒の姿は、やはりどうにも薄気味が悪い。

「お出かけですか」

問うてくるのを、卯野は口もきけずに見ていたが、千世が消え入りそうにちいさく「はい」と答えた。

「お待ちいたしておりましたのに」

「はい、いえ、あのう」

千世は、縮こまってしまった。胸に、求めてきたばかりの夫への贈りものを抱きしめている。

義姉の様子があまりに心もとなげなため、心配した卯野は気を取り直し、まずはお藤と目を見交わした。そして駒に訊ねる。

「義姉は、何か、駒さまとお約束がおありでしたか」

すると駒が目を見張った。

「そちら様ではご存知ありませんでしたか。千世さまが、髪結いが苦手とおっしゃるので、このところ毎日、髪結いの習いのお相手をさせていただいておりましたが」

卯野が千世を振り向くと、肩を落としすっかりうつむいている。

「知りませんでした」

卯野は、呟きつつ納得していた。

千世がこのところ、午すぎになるとどこかへ出かけていたのは、駒に呼び出されていたからなのだ。

「ですが、髪結いの習いのお相手など、駒さまにお手間を取らせずとも」

わたくしが――と言いかけたのを、駒は、暗い目で卯野を見据えて遮った。

「まだ陽は高うございます。これからでも」

駒に見据えられると、千世は大蛇の前の蛙となり、操られるかのように頷いている。

「卯野さま、これを」

大事な、夫への贈りものを卯野に託し、千世は駒に連れられていってしまった。

そのときになって、卯野は初めて、駒に連れがいたことに気がついた。周太郎とおなじ年ごろの男である。

男は生気のない目でこちらを見ていた。どうしたものかと悩んだのち、会釈をしてみたのだが、男は応える素ぶりも見せずに行ってしまった。ふらり、ふらりと駒の背を追ってゆく。

どうにも感じの悪い男だ。

「どなたでしょう、あの方は」

眉をひそめ呟く卯野に、お藤が答えた。

「飯島家のご養子の、吉之丞（きちのじょう）さまでございましょう」

なすすべなく千世を見送り、お藤とふたりで屋敷に戻った。

卯野の着替えを手伝いながら、お藤がこぼす。

「飯島さまの奥方さまには、組屋敷のみなさまがお困りのようですよ」

卯野は苦笑した。

「知っている」

駒は、いわゆる、うるさ型の女である。ふいに現れては、

「で、あらねばなりませぬ」

「と、せねばなりませぬ」

武家の女の心得について、説教を押し付けてくるのだ。

あちらでもこちらでも、不満や悪口がささやかれている。駒は外国から来た大きな遠（とお）

眼鏡を持っているのに違いない、それを常にのぞき込み、八丁堀の女たちの姿を監視しているのだ――などと、からかい混じりの話まで飛ぶほどだ。

卯野も、ひとり歩きの帰り道を何度か見咎められた。にこりともせず淡々と、こちらの非を説いてくる。それがなんとも偉そうなのが腹立たしい。

「お屋敷では、ご養子の若さまにもあの調子なんでございましょうかね」

お藤は忍び笑いをもらした。

「先ほどのあの方ね」

「はい、あの吉之丞さま」

飯島家の夫婦は子に恵まれず、親戚筋から養子を取った。それがあの男である。

吉之丞は数年前から見習いとして奉行所に出仕しているのだが、いまだ、新参者がまわされる番方の役につかされたままなのだという。日々の訴えを受け付けたり、ちいさなことでも自身番に呼び出されて詮議に立ち会ったりと、言ってみれば雑用係だ。飯島家は代々、年番方の家柄なのに、吉之丞がそれを継ぐことはないだろうとまで噂されているらしい。

そんな息子を、駒はさぞや不甲斐なく思っていることだろう。

やがてふたりは、このまま話を続けていると飯島家の親子に対する無責任な悪口になってしまうと気づき、口を閉じた。お藤はそそくさ、卯野の脱いだものの始末を始めた。

千世が戻ったのは周太郎が奉行所から下がってくるほんの少し前だった。その日は夕餉の膳に心を配ることも出来ず、寂しげにうつむいている。

周太郎は、いまだ変わらずの野暮天で、妻のその気の毒な様子には気づきもしない。

翌日には寒さはやわらぎ、春らしいあたたかみが戻ってきた。

卯野と千世は縁側に並んで座り、昨日、求めてきた煎餅を、ぽつりぽつり口にしながら話をした。

お蔦に髪を結ってもらったあの日、千鶴に礼をと出かけた帰り道、千世は駒に出くわしたという。

挨拶をすると、前置きもなく髪結いの話になり、自分がコツを教えるから明日の午すぎに訪ねてこいと言われ、気弱な千世は断ることができなかった。

行ってみると、有無を言わせず髪を解かされ、駒の勝手な髪結いの方法を押し付けられた。

「卯野さまがこうしていらっしゃるからと、おなじようにしてみると、それは違うと叱られる」

千世は苦笑した。

卯野がしっかりと締めて髪をまとめるところを、駒はゆるくしてみろと言う。卯野が遊びの幅を持たせるところを、駒はしっかり締めろと言う。

「ただ、それは違うとおっしゃるばかり。何をしてみても、だめ、だめ、だめ。教えてくださるつもりなのか、私のすることをだめだと言いたいだけなのか、今はわからなくなっています」

実際、駒は言いがかりをつけているだけなのだろう。

いつまでこんなことが続くのかと泣きたい気持ちであったが、千世には駒にきっぱり断ることも、誰かに相談することも出来ず、悶々としていた。こうして告白することが出来て、

「やっと荷が下りた気持ちです」

千世はにこにこしているが、卯野はすっかり憤り、もう二度と飯島家へは行ってはなりませんよとまで言い渡した。

翌日から、千世は飯島家へ出かけなくなった。

二、三日、様子を見てから卯野はやっと安心し、ひとりでのんびりと屋敷を出た。そぞろ歩きのつもりでゆくうちに亀島川を渡り、日本橋川も越え、永代橋まで足が伸びる。橋のたもとのにぎわいの中、にぎやかなふつうの女、もの静かな女、粋でいわくありげに見える女など、様々な女たちの髪をながめた。

その帰り道、またふいに、飯島駒に声をかけられた。

右側からで、ぎくりと立ち止まったあと卯野は、そろりとそちらを見る。

「また、供も連れずに」

駒は、非難の目を向けてくる。

「ただの、そぞろ歩きですから」

素っ気なく、卯野は返した。

ふたりは、声もなく見つめ合った。

そのうちに、卯野の胸に駒に対する憤りがよみがえってくる。

「義姉上には、わたくしが髪結いをお教えするつもりです」

気づけば、そう口にしている。

「お気づかい、ありがとうございました」

駒は黙っている。瞳の中の、卯野が苦手な暗いものがその陰を増している。

腰をかがめ、通り過ぎようとした卯野を、駒は呼び止めた。

「髪結いというものを」

ふ、と笑う。

「わたくしも、試してみとうございます」

と、言うのである。

「自分で結うより、きれいにしていただけるものなのでしょうか、本当に」

探るように、卯野を見た。

「このわたくしでも、もっと、きれいに」

卯野は、走るように屋敷に戻った。

千世とお藤を呼び寄せて、駒の話をする。

「駒さまは、だからといって誰に髪結いを頼んだらいいものか、わからないとおっしゃるの」

そして思わせぶりに、お蔦に頼みたいような気配を漂わせた。

「何か、たくらみがあるのではございませんか」

お藤が気を揉んだ。

「わかりません。でも」

きれい、という言葉が卯野の気持ちをはずませ、動かした。

あの駒でも、もっときれいにとの願いを抱くのかと嬉しくなってしまったのだ。

卯野はつい、では義姉に頼んでお蔦さんにお願いしてみましょうか、と引き受けてきたのだった。

「それでよろしかったのでしょうかねえ」

お藤がまだ言い募るのが、冷静になってみると卯野も正直、気にかかる。

駒は、実は何かを企(たくら)んでいるのだろうか。

いやそれを確かめてみるためにも、駒の話に乗ってみたほうがいいのだと、自分自身を納得させた。

面倒を嫌う千世が尻込みをするので、卯野が千鶴に仲介を頼みに行くことになった。

翌日、早速、卯野が武井家に千鶴を訪ねると、出迎えたのは、

「お、卯野じゃねえか」

虎之介である。

「なんだ、めずらしいな」

名前をよく耳にはするが、実際に会うのはひさしぶりのことである。

道場へ出かけるところだったと言いながら、みずから卯野を奥の居間に迎え入れてくれた。

千鶴は留守だそうだ。

「お蔦と浅草に遊びに出たんだ。浅草寺(せんそうじ)にお参りしてくると言ってたが、信心よりも、甘いもんをたらふく食うのが楽しみなだけなんだろう」

あいつは旨いものがとにかく好きだからなあ、と虎之介は笑った。

「千鶴さまがおいしいとおっしゃるものは本当においしいわ。先日も、お煎餅の店を教えていただきました」

「旨かったか」

「はい」

女中が茶を運んできた。

「それにしても、なんだ、随分と変わったなあ、おまえ」

眩しげに、虎之介は卯野を見る。

「娘らしくなった」

「私だって、十六になりましたもの」

虎之介さまにとっての私は、いつまでも五つむっつの幼い女の子のままでしかないのでしょ——と責めると、虎之介は苦笑した。図星のようだ。

虎之介は、養子である。後継に恵まれずにいた武井家に望まれ、子となった。ところが、のちに事情が変わってしまった。武井の夫妻に実の男子が生まれたのだ。

今はその子が後継とされており、虎之介は、自身が言うに、

『冷や飯食いの次男坊』

という身分なのだそうだ。

八丁堀の娘たちの間で交わされる面白い噂話の主として大変、人気のある男である。お花でも琴でも習いに出かけた師匠の家で、順番を待ちながら娘たちがくすくすと忍び笑いを交わしては虎之介の名を口にするのを、卯野もよく見かける。

武井家の虎之介さまは、ここのところ深川仲町の岡場所に入り浸りなのですって。あら、私は、辰巳芸者の誰だかと仲よくご一緒なのを神田祭で見かけたと聞いたわ。虎之介さまの左の二の腕には彫りものがあるそうよ、ちいさな花だとか。いいえ、般若ですよ。あら違いますよ、私が聞いたのは、ちいさな梅の花一輪。――などなど。

いったい何が面白いのやら卯野にはまるでわからないのだが、娘たちはとにかく、虎之介の話をするのが楽しくてたまらないらしい。

「なんの用だ」

訊ねてくる虎之助に、卯野は、肝心の千鶴が留守では仕様がないから帰ると答えた。

ところが、しつこく訊ねてくるのでつい、自分自身の飯島駒とのこれまでの気まずいやりとりをいくつか話してしまった。

虎之介は、にやにやと笑った。

「千鶴も怒っていたぞ、あいつの名誉のために隠してはおくが、かなり口汚い言葉で駒どのを罵っていたな」

「わかります」

しみじみ、卯野は頷いた。

「虎之助さまは、吉之丞さまとやらをご存知ですか」

「知ってるよ。でも親しくはねぇな。子どものころ、道場で一度だけ立ち合ったことがあるんだが、話にもならねぇ弱さでつい笑っちまって以来、あいつ、俺には近寄りもしねぇや」

「なんだか陰気で気味の悪いひとだったわ」

「会ったのか」

「見かけただけ。駒さまの後ろに控えていらっしゃったけど、すぐには気づきもしませんでした」

あの感じの悪さを思い出し、卯野はつい顔をしかめた。

「周太郎は奉行所で、吉之丞を庇ってやったり助けてやったりしているようだ」

「お兄さまが」

「人が好すぎるのなんのと皆に笑われているようだが、周太郎のことだ、俺の代わりに、昔いじめた償いをしてやっているつもりなのかもしれんぞ」

理由はともかく、吉之丞のような人物にも礼儀正しくやさしく接するというのは、いかにも周太郎らしい話だ。

「で、千鶴になんの用なんだ」

結局、訪問の理由を虎之介に伝えることになってしまった。ふむ、と虎之介は頷いた。

「お蔦につなぎを取りたいわけだ。で、駒どのの髪を結わせ、厭味のひとつも出ないほど見事な仕事をさせて、駒どのを叩きのめしてやる、と」

「そこまでとは申しませんが、そういうことです」

天井に鼻を向け、虎之介は笑った。

「お蔦のことなら俺にまかせておけ。俺が話をつけてやる」

「虎之介さまが、ですか」

「お蔦はもともと、俺の知り合いだ。俺が千鶴に引き合わせたんだ」

虎之介の毎日が噂のとおりであるならば、納得のいく話だった。

「あのお蔦さんが、駒さまの髪を結ってくださるかどうか心配ではありますけれど」

「大丈夫だろう。あいつも、駒どのを叩きのめしてやりたがるんじゃねえか」

虎之介は破顔した。

が、すぐにその笑みを消し、気むずかしげに頬を引き締める。

「ところで、だ」

と、続けた。どことなくわざとらしく、胡散臭い。

卯野は、つい身がまえた。そして、

「おまえな、出歩くなとは言わん。だが、供を連れて歩け」

その言葉に驚き、大きく目を見開いた。

駒どころかお蔦にまで眉をひそめられた無用心な外出について、虎之介は知っているようだ。おそらく、お蔦が伝えたのだろう。卯野は、くちびるを尖らせた。

「虎之介さまの知ったことではございません」

ところが虎之介は笑うだけ。

「おまえの髪結い好きのことも聞いたぞ」

今日の卯野は、町の娘たちのように愛らしい姿をしてみたくて、娘島田に結っている。緋縮緬の手絡、大ぶりの花模様のついた簪。それは武家の娘が結うものではありません、と母の八重が渋い顔をしても気にしない。虎之介に、

「なるほどなあ、その髪、自分で結ったのか、よく似合うじゃねぇか」

などと褒められて、すっかりいい気分である。

しかし『おまえには淡い紅がよく似合うな』だとかのうまい言葉が虎之介の口からすらすらと続くうち、卯野は、どうにもおかしくてたまらなくなってしまった。

「お兄さまにも、それを教えてあげてくださいまし。お義姉さまの髪をお蔦さんがあれほどきれいにしてくださったのに、褒め言葉のひとつもありませんでしたのよ」

「周太郎らしいな」

その名を口にする顔は、周太郎が虎之介の話をするときとおなじように、やわらかくあたたかい。

「よし。わかった。俺が厳しくしつけてやる」

くれぐれも、と卯野は念を押して頼んだ。

四日後、その日がやって来た。

お蔦が駒の髪を結う日である。駒を叩きのめしてやろうと思ったのかどうかは知らないが、お蔦はこの仕事を引き受けてくれたのだった。

仲介をしたのだからと大きな顔をし、卯野はその場に立ち会うことにしたのだが、本当のところはただお蔦の仕事をまた見てみたかったというだけの話だ。

卯野が飯島家の屋敷に出向くと、すでにお蔦が来ていた。こちらを見、かすかに会釈をくれる。今日のお蔦は、若草色の無地の紬(つむぎ)という装いだった。先日の姿より、さわやかで若々しく見える。

卯野を奥の居間へ案内してくれた女中も、評判の女髪結いがやって来たことに気もそぞろのようで、お蔦を見ると小さな声を上げ、卯野にいらぬ気づかいをしながらお蔦の姿をじっくりと見届けたのちに退(さ)がっていった。

お蔦が駒の髪にほどこしたのは、先日、千世が頼んだのとおなじ丸髷だ。しかしお蔦は、千世とは違う姿に駒の髪を結い上げた。

丸髷は、年齢によって姿が変わる。若いほど髷は大きく華やかに結われ、歳を重ねるにしたがい小さく地味にまとめられるようになる。

駒の髷はもちろん小さく、手絡は黒に近い紫。そこへお蔦は、水色と翠(みどり)を荒く混ぜたような大小のトンボ玉を、三つ取り合わせて作られた簪を挿した。

それは、駒が、

「この中のものも、もしも使えるようならば」

とぞんざいに示した箱に収められていたものの、ひとつだった。

意外にも、と言ったら失礼かもしれないが、華やいだ色味の飾りもいくつかあり、それが目をひく。大輪の牡丹が描かれた櫛、珊瑚をあしらった簪。他にも、こまやかな細工で草花が描き出された銀の平打、そして、上等な鼈甲で作られた櫛に簪、笄のひと揃いなど、きれいなものが揃っており、卯野は身を乗り出して箱の中をのぞき込んだ。

「いかがでしょう」

お蔦から渡された手鏡と合わせ、駒は、ひどく熱心な様子で鏡台を見つめた。

卯野もおなじく熱心に、鏡の中の駒に見入った。そして、さすがお蔦さん、と感心する。

トンボ玉の簪が効いている。髷の陰にそっと添えられた水色がさわやかで、陰気くさい駒の様子を明るく、若々しく軽やかに一変させたのだ。

これは褒め言葉が出るかと卯野は期待したのだが、相手はやはり駒だった。

「この簪」

と唸るや苦々しげに顔を歪め、

「私のような者に似合いの飾りではありませんね、派手すぎる。それに結い方もねえ、鬢をもう少しおさえて、厚みを少なくしなければだめ。耳のちょうど上あたりから取らなければ」

ちくちく、勝手を垂れている。

見ているだけの卯野なのに、猛烈に腹が立ってきた。

駒の無礼に、お蔦はどのように応じるのだろう。

息を詰め、見つめていると、お蔦は微笑みをくちびるに湛えたまま無言でトンボ玉の簪を引き抜いた。そして、鼈甲の簪を片手に取るとぞんざいにそれを挿す。いかがでしょう、と訊ねはしない。これで仕事は終わりと伝えるためか、淡々と道具をしまい始めた。

その姿には、お蔦の、静かなる怒りが見える。駒もさすがに戦いたのか、

「今日のところはまあ、これでよいでしょう」

負け惜しみのようなひと言を口にし、背筋をぴんと伸ばした。

そのとき、障子にふと影がさし、濡れ縁を若い男が横切っていった。

「吉之丞」

駒が慌てて腰を浮かす。

まだ、午にもならぬ時刻である。吉之丞は奉行所にいるはずだ。

浮かした腰を、どうしたものかと駒は逡巡（しゅんじゅん）したようだ。不自然な格好のまま惑い、卯野たちを気にする素振りを見せた。日ごろの駒からは想像もつかない狼狽（ろうばい）ぶりだった。

「吉之丞」

なんとか気持ちを立て直し、駒は縁からすでに姿を消した息子に呼びかける。

「いかがいたしました、吉之丞」

すると返るのは、

「腹が痛くなりました。熱がある」

だから早く下がってきたのだと、か細くも苛立（いらだ）たしげな吉之丞の声である。

駒は、ちらりと卯野たちを見た。卯野は内心、どうしたものかと戸惑っていたのだが、お蔦が知らぬ顔をしているのに倣った。

床を、薬をと、駒は指示を始めた。そうしながら、お蔦に礼を言い、お代は用意してあるから持っていくように、と違い棚の上を示した。

そのまま行ってしまうのかと思ったが、ふと足を止めた駒はわざわざ戻ってきて、

「評判の髪結いと聞いていましたが、お蔦さん、あなたにはまだまだ学ぶべきことが多いようですね」

いらぬ言葉を置いていく。

あれは違う、これはこうすべきだ、加えてもうひとつ言うならば——など、など。

お蔦の怒りを恐れ、屈したのかと思ったのに、まだ言うか。

呆気にとられた卯野と、返事はせず表情も崩さずのお蔦は、肩を並べて飯島家を出る。

共に黙ったままだったが、亀島川の川岸通りへの角を曲がった途端、まったくおなじ言葉が出た。

「ああ、うるさい」

ふたりはぎょっとし、ゆっくり目を見合わせた。

卯野は咄嗟に頭を下げた。

「いろいろと、申し訳ありません。ありがとうございました」

「いえいえ」

お蔦は笑って首を振る。

「楽しい仕事でしたよ」

「でも」

不本意な仕事であったに違いない。気に入らない女の髪は触らない、という評判のお蔦だ。駒が、お蔦にとって気に入る女であるとは到底、思われない。本来ならば、お蔦が駒の髪を結うことなど決して有り得なかったはずなのだ。

「勝手を聞き入れてくださったのに、駒さまはあんなご様子で。本当に申し訳なくて」

「いやですよ。あたしは、偉ぶってお客を選り好みしているわけではないんです。実際、納得のいかない仕事は引き受けない、納得のいかないお客の髪は触らない、そう決めてはいますけどね、時には不本意な仕事だって引き受けます。あのね、あたしの髪結いは商いなんです。理想ばかり掲げてはいられませんよ。それにね、褒めてくださるお客の言葉を聞いてるばかりだったら、どうしようもない自惚れ屋になっちまう。面白くもない」

だから、駒が見せたようなあからさまな蔑みも実は嫌いではないのだと、お蔦は言う。

「ああいうひとがいるからこそ、心も身も引き締まる。常に褒められているだけじゃ、いつか腐っちまいます。もっともっと上手にきれいに、うまく結えるようになりたいと、願う気持ちも萎えてしまうに違いない」

「もっともっと、と、くふうすることもなくなってしまうかもしれない、ということかしら」

「そう。そんなことになったりしたら――ぞっとする」

身をふるわせてみせるお蔦に、卯野は大きく頷いた。

「わかるわ」

もっときれいに、もっと上手に結えるようになりたいと、あれこれくふうを考えるのは、実際に結わずともそれだけでも楽しいことだ。その意欲がなくなってしまうようなことがあったら――確かに、考えるだけでも、ぞっとする。

「お嬢さまも、本当に髪結いがお好きなんですねえ」

しみじみ、お蔦は言った。

「大好きです」

答えながらも卯野は、胸に苦笑を浮かべていた。

自分にとっての髪結いは商いだ、と、お蔦は言う。が、卯野にとって髪結いは、やはりただの楽しみである。それが商いとなったときの苦労など、ぼんやりと思い描いてみるのが精いっぱいだし、そもそも日々の暮らしのために仕事を持つこと自体、武家に生まれ育った者としては遠い話でしかない。

お蔦は、八丁堀の浅岡家の屋敷まで、卯野を送ってくれた。

門前での別れ際、お蔦は、もったいぶった笑みを浮かべる。

「おひとりで帰らせて、面白い髪はないかとまた、遊びに出られてはいけませんからね」

つまり、卯野を監視していたつもりらしい。

「虎之介さまに、そのおはなしをなさいましたでしょう」

卯野はお蔦を睨んだ。が、お蔦は笑うだけである。

「ではまた」

優雅に頭を下げ、去ってゆく。

子ども扱いされた苦々しさは残ったが、ともかく、駒に紹介した髪結いは終わった。

そのはずなのに、翌日の七ツ半（午前五時ごろ）、卯野はお藤に叩き起こされたのだった。


飯島家からの使いがあったのだ。眠い目をこすり、まずは使いの話を聞く。

卯野と千世に、今すぐ屋敷に来てもらいたいのだという。

おそらく、昨日のお蔦の仕事に対して満足に文句をつけられなかったのが口惜しく、あの続きをしたいのに違いない。ねちねちと厭味を並べたいのだろう。

だとしても、こんな早朝に呼び出すというのは奇妙な話だが、まだ半分は眠ったままの卯野は、そのことに思い至らなかった。ただ、千世には、

「お義姉さまがいらっしゃることはありませんよ。どうせ、埒もない戯言ばかりでしょうから。私が聞いてまいります」

屋敷にとどまるよう勧めた。

千世は何か言いたげにこちらを見ている。気づいてはいつつ、卯野はひとりで飯島家に出向いた。

奥へ案内してくれたのは、昨日とおなじ女中だった。まだ年若く、卯野と変わらないように見える。縁をゆきながら、しきりにこちらを気にしている。

言いたいことでもあるのだろうか。

何かと訊ねようとしたときに、駒の待つ居間に着いてしまった。

背筋を異様に伸ばして座す駒が、じろりと目を上げ訊ねた。

「千世さまは」

「昨夜から、どうも体調がすぐれませんので」

卯野は微笑み、嘘をつく。

疑わしげに、駒は卯野を睨んだものの、それ以上を問うことはなかった。

そして駒が続けた話に、卯野は仰天した。お蔦の仕事への厭味などではなかったのである。

盗みだ。飯島家の、この奥の居間から、あったはずの銭がなくなった。

昨夜から駒は、胸の中からなにやらもやもやしたものが消えず、ぐっすりと眠れなかった。早々に起き出し、考えてみるに、居間の違い棚に違和感がある。

そこに、駒は、出入りの植木職人に払うためのものとお蔦へのお代を並べて置いた。

植木職人が入るのは今日だから、ひとつは残っているはずである。

ところが、ない。

それだけではない。さらなる被害もあるというのだ。

「簪です」

しかつめらしく、駒は言う。

それは、お蔦に見せた箱の中にあったという、びらびら簪だ。娘時代、駒が大事にしていたもので、嫁入りしたときにも持ってきた。娘が生まれたら髪に挿してやろうと、楽しみにしていた。

桃色の珊瑚、垂れ下がった鎖の合間にたくさんの銀の蝶、その末に小粒の鈴がいくつもついている。

娘どころか子どもは生まれず、近頃は蔵にしまい込み、目にすることすらなくなっていたが、駒には大事なものだったのだ。

「このようなことを言いたくはありませんが」

駒は、表情を変えなかった。

「昨日、屋敷に入った知らぬ者は、お蔦さん以外にはおりません」

しかし、信頼のおける武井家、浅岡家の紹介だからと注意を払っていなかった。勝手に持って行ってくれ、とも疑いなく言えたのに——と、駒は嘆息した。

駒の隣には、出仕前の吉之丞がいる。

この男の姿を、卯野は初めてじっくりと見た。

なんだか、薄い。体に厚みがない、首が細長い、頬が痩けている、目も眉も細すぎる。とにかく印象が薄い。

吉之丞は目を伏せ、うつむき、卯野を決して見ようとしなかった。駒が吉之丞をうながした。

「ですね、吉之丞」

「はい」

弱々しく頷く。

「吉之丞」

駒が厳しく唸ると、吉之丞はきつく眉を寄せ首を振るのだが、素直に話しだした。

「その通り、お蔦と申す女髪結い以外に、怪しい者はおりません。おそらく、まずは母上の目、卯野どのの目をかすめて簪を袂にでも隠し入れて盗み、その後、違い棚に他にも金のあるのを見て盗っていったのでしょう」

吉之丞の話は、ぼそぼそと続く。

籠もった声を聞き取るために体を傾け、耳を向けてみるに、どうやら、この件と、髪結いが絡んだ一連の盗みの件とを結びつけているようだ。

「お蔦が仲間であることは、おおいに考えられる」

すでに定廻りの同心に話をつけ、お蔦の住まいの辺りを仕切る岡っ引きが動いているはずだという。

卯野は、呆れてものも言えずにいた。

お蔦が盗人（ぬすっと）の一味であるという結論がまず、あるのだ。飯島家で起きた盗みを、そこへ無理やりつなげていったに過ぎない。めちゃくちゃな話だ。

そもそも、すでに同心に話をつけてあるというのならなぜ、朝早くに卯野を呼び出してこのような話をする必要があったのか。

やはり、駒がお蔦に髪結いを頼んだのは何かたくらみがあってのことだったかと、卯野は心配になってきた。

卯野の身には余ることになりそうだ。家に戻って周太郎に助けを求めるべきだ。

吉之丞の話は、まだ続いている。なんとも頼りなく途切れ途切れで、そのたびに駒が叱咤（しった）し、なんとか続いていくといった様子である。

「お待ちください」

吉之丞の声を遮り、卯野は立ち上がった。

「兄と話をしてまいります」

駒と吉之丞を見下ろし、卯野は眦を決した。

「わたくしには、お蔦さんはそのような者とは思われません。今のお話だけでは得心もゆきませぬ。吟味方与力である兄の意見もうかがいとうございます。――吉之丞さま」

と、見据えた。

「すでにお手先にまで話を通してしまったなどと、あまりに軽々しいお考えではございませぬか」

と、そこへ、表のほうから騒ぐ声が聞こえてくる。

慌ただしい足音と共に現れた人びとを見て、卯野は安堵し、座り込みそうになった。

周太郎と、虎之介だ。ふたりの背後には、ひっそりとお蔦も控えていた。

今の今まで盗人扱いしていたお蔦が悪びれもせず現れたことに、駒は戦いたようだが巧みにそれを隠し、くちびるに力を込めて平静を装う。吉之丞は気まずげにうつむいた。

周太郎が、慇懃に腰を低めて礼をした。

「この一件、子細は手前もすでに存じております」

ですが、と周太郎は微笑む。

「定廻りの同心も、その手先も、今のところ誰も動いてはおりませぬ」

駒が、息を呑んだ。

「吉之丞が、手配をしたはずですよ」

「それを、手前が止めました」

「なにゆえ」

「お蔦が盗人の一味だなど、ありもしない話だからです」

「なにゆえ、そのようにおっしゃいますか」

駒の訴えに、周太郎は苦笑を返した。

「お蔦のことは、この虎之介がよくよく存じております。身元も、生い立ちもすべて。盗みを働くような輩とのつながりは一切、ございません」

「隠しているのでしょう」

駒は、ふんと鼻を鳴らす。

周太郎は、負けずに笑みを返した。

「吉之丞どのがお蔦を疑うのは、もっともなこと。吉之丞どのはお蔦という女をご存知ではないのですからね。ですが、お蔦は違います、盗んでいない。ことが大げさになる前に、こちらの恥になる前にと、手前としては飯島家を、ご当主の治三郎どのと吉之丞どの、おふたりをお守りするため、こうして駆けつけて参った次第なのですが」

そこで周太郎は、吉之丞に目をやった。しかし吉之丞のほうはうつむき、素知らぬふりをつづけるばかりで決して応えようとはしない。周太郎の笑みは苦笑に変わった。

駒が、息子の不甲斐なさを隠すかのように声を張った。

「ではその、お蔦さんの身元と生い立ちとやらを、わたくしにもお話しいただけましょうか」

背筋を伸ばし、周太郎を見据える。

卯野もそれを聞きたいと思った。お蔦がどのように生き、あの髪結いの腕を持つに至ったのか、知りたい。

ところが邪魔が入った。

「恐れながら」

濡れ縁で、甲高くひっくり返った女の声がした。

見ると、卯野をここまで導いてくれたあの年若い女中が縁に座し、額を床に擦りつけんばかりにしている。

「違い棚の包みがなくなったのは、わたくしのせいではないかと思います」

皆が、驚きと共にそちらを見た。

「昨日、お蔦さんと卯野さまが帰られたあと、奥方さまの言いつけで、お掃除に入りました。違い棚に、袱紗(ふくさ)の包みがあるのを見ました。何か大事なものだと思い、大急ぎで地袋(じぶくろ)にしまいました」

違い棚の下の、地袋だそうだ。周太郎が、女中に開けてみろと命じた。

果たして、そこには袱紗がある。中には、駒が用意した植木職人への代金がそっくりそのまま、あるのだ。

「まさか、このようなことになるとは思いもしなかったのです」

女中はちいさく肩を縮めて泣いた。

評判の女髪結いを見たことに、すっかり興奮していた。居間の掃除ののち、別の仕事を言いつけられ、そこでお蔦がどんな女であったかを皆に伝えようと浮かれているうち、あの袱紗を地袋にしまったことを忘れてしまった。早朝、屋敷が騒がしくなり何事かといぶかり話を聞き、やっと思い出して恐ろしくなりふるえ上がったのだという。

卯野は女中のそばに駆け寄り、なぐさめるために肩にそっと手を添えた。

「地袋を確かめもせずに、騒いでいたのか」

虎之介が、呆れ声をもらした。

悔しげに、駒が声を上げる。

「ですが、簪のことは。お蔦さんに罪はないとは、まだ言い切れませんよ」

虎之介が応じて、卯野に問う。

「卯野、おまえはその簪を見ているんだよな」

盗まれたという、びらびら簪のことだ。

「お蔦の仕事の途中、あったはずのものが消えたのに気がつきはしなかったか」

卯野は、昨日、お蔦の仕事を興味深く見せてもらったあのひとときを思い返した。

箱の中身は、駒らしくない彩りにあふれていると思った。その記憶はあるが、駒が言うような娘向きの派手なびらびら簪はあっただろうか。

覚えがない。駒が語ったその簪は、卯野の興味を充分に惹きそうな、きれいなものだ。なのに、それを目にした覚えが、まるでないのだ。

「だとしたら」

虎之介はまず、もったいぶって唸ったあと、

「もともと、その簪は箱の中になかったのかもしれねぇよなあ」

無責任な笑い声を上げる。

それはただの思いつきだったに違いないのだが、生真面目な周太郎が大きく頷いた。

「なるほど、それもありうる」

「蔵にしまいこんでおられたものだと、おっしゃいましたよね」

卯野の言葉に、駒はしぶしぶといった様子で頷いた。

「簪に関しては、奥方の思い違いということもありましょう。蔵の中を探してみたらいかがでしょう。案外、見つかるかもしれませんよ」

周太郎が言い、一同、蔵へ向かった。

虎之介が先頭に立ち、一歩遅れて歩く周太郎を振り向きながら、にぎやかに嘯(うそぶ)いている。

「俺の言うことに間違いはない」

「ああ、そうだね」

「消えたという金はおそらく、屋敷の中に今もあると思ったんだ。お蔦が盗人の一味だなどと、こんなくだらねぇ話、聞いたら大笑いする輩が大勢いるぜ。なあ」

周太郎は「わかったわかった」と気さくに笑いながら頷く。

虎之介がそばにいるときの周太郎は、ふだんの物堅さがすっかり消えて、まだ二十一という年齢らしく生き生きと楽しげだ。そんな周太郎に、虎之介が甘える。

まるで兄弟のような、ふたりの様子を見ているのが、卯野は昔から大好きだった。なんだか楽しくてたまらなくなる。こんなときではあっても、今日もやはり、微笑まずにはいられなかった。

ふたりの後ろには、ひっそりとお蔦が控えている。お蔦の背を見ながら、卯野が行く。さらにその背後に、駒と吉之丞の親子がいる。ふたりは、小声で話をしていた。

言い争いをしているのだ。盗まれたと思い込んだ金のことで、駒が吉之丞を責めたてる。

これほど容易く見つかるものを、なぜ見抜けなかったのか。浅岡どのが止めてくださらなかったら、とんだ恥をかいていたところだ――と。

吉之丞は答えない。だが、次第に苛立ちを募らせているのがわかり、卯野は気を揉んだ。

簪は蔵の二階に置かれた葛籠にしまってあった、と駒は言う。卯野が昨日、目にした他の飾りと一緒に取り出したのだそうだ。

蔵の中は、朝でも薄暗い。手燭を頼りに葛籠を開け、中を確かめてみる。

と、そこに簪はなかった。

駒が、勝ち誇った声を上げた。

「ほうら。やはり」

お蔦は金を盗んではいないようだ、盗人の一味でもないようだ、しかしお蔦が簪を盗んだのは間違いない――めずらしく、駒は明るく饒舌(じょうぜつ)だ。

反対に、のんきで自信満々だった虎之介が苦い顔になった。周太郎と目を見合わせ、小声で何か話しているが、卯野の耳には届かない。

「吉之丞、吉之丞、そなた、そんなところに黙って立っていてはいけませんよ」

周太郎より先に動けと、駒は慌てた。お蔦を取り押さえなさい、私の簪が盗まれた件は町方の支配にはならぬのでしょうか、ああやはり女髪結いなどというものはまったくどうしようもない、これでおわかりでしょう卯野さま――等々、ひどく興奮し、喧(やかま)しい。

しかし、吉之丞は動かなかった。深くうつむき、顔が見えていないため、何を思っているのかもわからない。

吉之丞は唸った。

「母上、お蔦は違いますよ」

「はい、なんですって」

「お蔦は簪を盗んでいない」

「吉之丞……」

「母上が、恥の上塗りをしてもよろしいとおっしゃるなら、ここでお蔦を取り押さえてもご覧に入れましょうが」

吉之丞は目を上げる。ぎらぎらと、異様に輝くものが目の中にある。

卯野は、背筋が冷えるのを覚えた。

「なんですって」

駒は、まぬけにまた繰り返した。

「お蔦は盗人などではありませんよ。違うんだ」

「でも、吉之丞」

「母上は、あの簪を昨日、見てはいらっしゃらない。お蔦も、卯野どのも、誰もあのびらびら簪を見た者はいないんだ。なぜならば」

吉之丞は笑った。それは、切羽つまったどうしようもなさに泣く、笑いであった。

「あれは昔、随分と昔、すでに、このわたしが壊して捨ててしまっているのだから」

三

飯島家を出たあと、虎之介は、浅岡兄妹と共に浅岡家の屋敷にやって来た。

お蔦は、お客を待たせているからと慌ただしく別れていった。こちらにはまったく目を向けてくれず、卯野は寂しい思いでその背を見送った。

「なんとも吉之丞らしい話だ」

唸る虎之介を、千世に手伝わせながら出仕の支度をする周太郎は見下ろす。

「だ、ということかな」

庭をのぞむ柱を背に片膝を立てて座り、虎之介はぼんやりしている。

あのあと吉之丞は笑い、泣き、喚き、養母である駒を言葉を尽くして責め、また泣いて笑った。

吉之丞が駒の大事な簪を壊して捨てたのは、飯島家の養子となって三年と季節を三つ過ごした九つの、冬の終わり。

『わたしはつまらん男だ』

まず、吉之丞は笑った。

『なのに母上は、わたしに大きな夢を見ておられる』

子どものころからそうだった。

ゆくゆくは父より立派な年番方与力になり、周りの誰からも一目置かれ、尊敬される男になるに違いない。駒はそう信じ込み、このようにせねばなりません、あのようにしてはなりません、などなど得意の言葉で吉之丞を導いてゆこうとする。

ところが吉之丞の実際は、お藤が言っていたとおり、本人も言っているとおりの冴えない、つまらない男でしかないのだ。

嘆きながら、吉之丞は目を上げ、ちらりと周太郎を見た。

『おまえの名を、母上はよく口になさった。おまえに負けてはならぬと言った』

周太郎の評判の良いのは、子どものころからのことなのだ。こちらの知らぬ間に、駒は、息子を叱咤するために周太郎の名を使っていたのだろう。

母の期待が重かった。鬱憤が溜まっていた。

そして九つの二月、雛人形を出すため、駒のお供で蔵に入ったときに意外にもあの母が可愛らしいびらびら簪を大事にしまいこんでいることを知ったのだった。

『次の日、蔵に入って簪を床に叩きつけた』

また、吉之丞は笑った。たっぷりの屈託を含む笑みだった。

簪は、一度で壊れはしなかった。何度も何度も叩きつけ、踏みつけもし、誰の髪を飾ることも出来ない姿にまで貶めてやった。

そのときは、気持ちがすっきり晴れたと思った。

無残な姿になった簪を懐に隠し持ち、亀島川を渡って大川べりまで走りに走った。大きく振りかぶり、力の弱い吉之丞なりに精いっぱいの力を込めて放り投げる。簪は思いのほか遠くまで飛び、川の真ん中に落ちてすぐ消えた。

その瞬間、胸にはなぜか虚しさが浮かんだ。理由は今でもわからない。

『わたくしの簪は』

呆然と、駒が呟く。

少女時代の駒の夢。まだ大川の底に眠っているのか。それとも、水にさらわれ、海まで流され朽ちたのか。それも、今ではわからない。

「なんだかな」

虎之介が唸った。

「あいつ、面倒くせぇ奴だよな」

と笑うのだが、どこかしら気づかわしげでもある。

虎之介も、吉之丞とおなじく後継のない家を継ぐため養子に入った。今は立場が違っているが、虎之介だからこそわかる何かが、あるのかもしれない。

「駒さまも、お気の毒なことですね」

千世が、目尻に滲んだ涙を袖口でそっと拭った。

そして周太郎はいつも通り、朝四ツ（午前十時ごろ）に出仕する。

それでも虎之介は帰ろうとせず、柱に背を預けたまま何やら考え込んでいた。声をかけようとした千世を、卯野は、

「そっとしておきましょう」

いった。

と、とどめる。

午まえに、虎之介はむっくりと立ち上がり、卯野を探し回って顔を見せてから帰って

結局、駒が騒いだこの件は、金も簪も誰も盗んでなどいなかったのだから、駒が騒ぎ立てたのもなかったこととされて消えた。

「駒さまは、なぜ」

卯野が兄に訊ねたのは、駒が、わざわざ早朝に卯野と千世を呼び出してまでお蔦が盗人の一味であることを暴いてみせようとした、その理由についてである。

「駒どのは、女髪結いというものを認めてはおられぬのだろう」

「はい」

「髪結い好きの卯野のことも、お蔦に髪結いを頼んだ千世のことも、駒どのは気に食わない。そのふたりの眼前でお蔦が実は盗人であったと披露し、ひいては、女髪結いというものを貶めてみせたかったのだろう」

「それだけが理由でしょうか」

呆れ果てる卯野に、周太郎も苦笑してみせた。

「おそらく」

「くだらない」

語気荒く、卯野は吐き捨てた。

「手厳しいな」

周太郎は笑ったが、養母である駒がそれだけの人物でしかないからこそ吉之丞はあんな男にしか育たなかったのだろうと、しみじみとした言葉をつづけた。


それから数日後のことである。

髪結いの入った店で盗みが起きるという、あの事件が呆気なく解決した。

盗みを働いていたのは、疑われていた千代次という髪結いであった。

念のために千代次を探っていたところ、二年前に上方を荒らし回っていた盗賊の一味が浮かび上がってきた。一味はすでに、あらかた捕らわれ済みであるのだが、残った下っ端のうちのひとりが千代次だった。

博打ですった、女で困った、そういった理由など何もなく、ただ盗人の本能で盗みを繰り返していただけだという。

「そこに銭があるんですよ。だったら盗らなくってどうするってえ話ですよ」

悪びれもせず、へらへら笑う千代次を見、吟味に当たった周太郎は、さすがに呆れ返った。

千代次には死罪が申し渡された。ちまちまと盗み取ったものの額は、五十両を超えるほどになっていたという。

浅岡家でそれについて深く語られることはなかったが、卯野は、

「駒さまは、どう思われていることでしょうね」

と呟く母の声を耳に留めた。

千代次とお蔦には、なんのつながりもない。お蔦のことを盗人の一味だなんだと騒ぎ立てた駒にとっては、さらなる恥の上塗りにもなったことであろう。

と語る母・八重の声音には、駒に同情するものはまったくなかった。


ある日、卯野は、琴の稽古の帰り道で吉之丞と出会った。

下手に気まずい応対をしてはならぬと立ち止まり、目を合わせて微笑んでみせた。

「なにか、御用の筋でいらっしゃいますか」

そうでなければ、奉行所にいるだろう時間である。

ところが吉之丞は、こちらを見もしなかった。ゆらゆらと揺れるように歩き、すれ違っていく。

お供についていたお藤が肩をふるわせた。

「なにやら不気味でございますねえ」

卯野は頷き、肩ごしに吉之丞の背を見送った。

おなじ日、帰宅した周太郎が渋い顔をする。

「掏摸（すり）にあった」

というのだ。

その日は随分と帰りが遅く、皆で案じていたところへ供の者が先に戻り、心配はいらぬことがわかった。

実は奉行所を出たのはいつもより早い時間だったのだが、退出を待ち構えていた虎之介に捕まった。そのまま深川へ、虎之介が贔屓（ひいき）にしている料理屋まで連れて行かれたのだそうだ。

そこで、旨いものも酒もなしに延々と、

「説教をされた」

のだという。

周太郎は笑っていた。

「まあ、虎之介さまが旦那さまにお説教とは」

千世は目を丸くしているが、卯野にはわかった。妻にやさしい言葉をかけることも出来ない周太郎を厳しくしつけるという、あの約束を果たしてくれたのに違いない。

「お兄さま、掏摸というのは」

卯野が訊ねるのに、周太郎は答えた。

深川で、料理屋へ向かう雑踏の中、男と、軽く肩が触れ合った。職人ふうのその男と互いに謝り、行き過ぎたのだが、料理屋に上がってから気づいたそうだ。懐中のものがない。

「いや実に見事な仕事をするものだな」

周太郎は、のんきだ。

幸い、というのか、屋敷と奉行所を律儀に行き来するだけの周太郎の懐に大金はない。小ぶりの巾着を財布にし、少々の銭を入れていただけだ。開けてみて、盗人はさぞやがっかりしたことだろうと笑うだけだった。

その次の夜、日本橋呉服町の菓子屋・村井屋（むらいや）で小火があった。

奉行所からの帰途の中、騒ぎを聞きつけた周太郎は様子を見にそちらへ向かった。

勝手口の外に積み上げてあった薪（たきぎ）が燃え上がったもののようだ。近所の者がすぐに気がつき、その夜は風がなかったのも幸いし、勝手口の周りを焼いただけでいつものように無事、火は消し止められた。

しかし、闇に映えて揺れる大きな炎というのは大層、おそろしいものだったのだそうだ。

「ここだけの、恥ずかしい話だが、わたしは足がすくんだよ」

周太郎は、やるせなげに首を振る。

数年前、目の当たりにした大火を思い出したのだ。

神田佐久間町から出た火が瞬く間に辺りを舐め焼き尽くし、八丁堀にまで押し寄せた。家族も奉公の者も皆が声をかけ合い逃げ出したのだが、与力の屋敷が集まる辺りまでは火も届かず、浅岡家は無事だった。

避難した先で息を詰めながら見つめた、不気味に映える炎の色を、卯野は鮮明に思い浮かべることが出来る。それは、よみがえるたび身がふるえるような記憶である。

「虎之介も小火の様子を見に来ていてね」

どちらからともなく、あの大火の話が出て、あれこれ語りながら八丁堀に戻ったのだそうだ。

「旦那さまにお怪我がなく、ようございました」

小火を見ただけなのだから怪我などするわけがないのに、千世は涙し、夫の無事を喜んだ。千世も、あの大火をようく知っているからだ。

浅岡家ではそののち、小火騒ぎより深刻な騒動が持ち上がった。

「旦那さま、紙入れは」

千世が、ふと訊ねたのがきっかけである。

出仕する周太郎の支度を、千世が手伝っているときだった。

千世と卯野、ふたりで叶屋まで出かけて求めてきたあの紙入れが、どこにもない。

「どこぞに置き忘れたかな」

すぐに出てくるだろうと、兄は笑った。

しかし、千世は一日中、それを気にかけていた。

卯野にも、その気持ちはわかった。

つれない夫の様子に悩み、千鶴に相談し、お蔦に髪を結ってもらうことで自信をつけもし、その末に求めてきた紙入れなのだ。

なぜ兄は、大事にしているという気持ちを表さないのだろう。

内気な千世に代わり、何かすべきだろうかと、おなじく一日中、卯野も気にかけていた。

ところが、千世の様子は違っている。

これまでの千世ならば、隠しても隠しきれずに悶々と悩む姿を卯野たちに見せることはあっても、周太郎が戻ればすべての憂いを飲み込んで素知らぬふりをし、いそいそと夫の世話を焼いた。

しかし、その日は違うのだ。

夕刻、帰ってきた周太郎が差し出した太刀を受け取りもせず、毅然(きぜん)と訴えたのである。

「もっと大事にしていただきたいのです」

周太郎は、うろたえた。が、

「紙入れのことか」

と、すぐに思い浮かんだのに、そばで見ていた卯野は驚いた。

「紙入れはもちろん」

周太郎を見つめる千世の目に、じわりと涙が滲む。

「ですが、わたくしのことも」

周太郎は、生真面目なまなざしを、妻の涙に不器用に据えた。

その後を見る必要はないと察し、卯野は夫婦の居間から黙って退いた。

奥の居間では、母の八重が気を揉んでいたようだ。卯野の姿を見ると立ち上がり、訊ねてきた。

「千世どのは」

「お兄さまに、嚙みついていらっしゃいましたよ」

笑ってみせると、八重は肩から大きな力を抜いた。

「これで少しは、周太郎も千世どのを大事にするようになることでしょう」

「虎之介さまのおかげですよ」

母娘は笑った。

やがて、旦那さまの夕餉はどうしましょうと、夫婦の邪魔をするのを控えていた女中が言いに来たので、卯野は様子を見に行った。

ふたりは並んで縁に座り、闇の中の庭を見ながら昔話をしていた。

「あの池です」

千世が指さす。存命のころの父が、道楽で見事な鯉を何匹も育てて楽しんでいた池だが今は、手入れは行き届いているものの、雀が水浴びをしにくるだけという寂しいものである。

その池に、千世の初恋の思い出がある。

七つになった正月のこと。八丁堀の組屋敷で親しくしている家の者たちが、浅岡家に集まった。大人は旨いものと酒で楽しみ、子どもたちは遊びに夢中になっていた。

千世は、まだ四つの卯野をやさしく呼び寄せ、鞠つきをした。

千世が歌う手鞠唄を、うまくまわらない舌で卯野が真似る。

ところが千鶴が鞠をつきそこない、その鞠が、飛石にぶつかり跳ねながら遠くへ転がっていったのだ。

あわや池に落ちるという手前で、周太郎が颯爽と追いついた。拾い上げてこちらを向くと、千世の手にそっと乗せた。

『卯野にやさしくしてくれて、ありがとう』

そのときの周太郎が、千世の目には実に頼もしい男に映り、このひと以外に見るべき男はひとりもいないとまで思ったのだそうだ。

さすがに周太郎は苦笑した。

「覚えておらぬな」

「よろしいのです。わたくしだけの、大事な思い出なのです」

卯野の記憶にも、さすがに残ってはいない。

しかし、あの鞠のことかもしれないと思いつくものはある。

亡き祖母の手作りの鞠だ。貝殻に鈴を入れて心にして、たっぷりの真綿でくるむ。それを色とりどりの美しい糸で巻きながら、繊細な文様を描き出してゆく。

さわるだけでも鈴が涼しげに鳴るのが楽しくて、幼いころのお気に入りの玩具だった。今も大事にしまってある。あの鞠が、千世の初恋のみなもとであったとは。

肩を寄せて微笑み、うらやましいほどの睦まじさを見せる夫婦に、卯野は声をかけなかった。女中には、呼ばれるまで待ちなさい、と伝えた。

さらにまた、その翌日のことである。

昼餉も終わり、のんびりと女たちだけで針をさす午すぎ。五月の更衣に備えての縫いものを膝に置き、千世は言った。

「勇気を持つことが出来たのは、卯野さまのおかげです」

飯島家から駒の使いが来たあの朝、卯野から、お義姉さまは来なくてもよいと言われたことに、自分でも驚くほどの屈辱を感じたのだそうだ。

そもそも、ことの起こりは千世が夫の気を引きたいと願ったことにあるのに、事件が起こってみると千世は庇われて蚊帳(かや)の外。あの日は卯野を恨みそうにもなったのだが、

「わたくしが不甲斐ないのがいけない」

千世はすぐ気がついた。だからこそ、あの紙入れをなくしたことに無頓着な様子の夫を見逃してはならぬと奮起した。

卯野としては、飯島家に千世も伴うのだったと恥じ入る気持ちになったのだが、千世はからりと笑っている。

ちょうどそこへ、虎之介が飛び込んできた。

虎之介は血走った目をこちらに向け、上ずった声で叫んだ。

「周太郎が、つけ火の疑いでしょっ引かれた」

そのとき、卯野たちはまだ、幸せに微笑んだままでいた。

二　ゆめ惑い

一

「ねえ」

苛立(いらだ)つ様子を隠しもせず、きつく眉を寄せ、花絵(はなえ)が睨(にら)みつけてくる。

「何か、御用でございましょうか」

厭味(いやみ)たっぷりの丁寧さで問われ、卯野は苦笑し、首を振った。

きれいに結われた花絵の髪を、じっくりと見つめずにはいられなかっただけなのだ。

花絵は、武井家に行儀見習いかたがた奉公に来ている叶屋の次女だ。以前、義姉の千世と共に周太郎の紙入れを求めに出かけた袋物屋の、あの叶屋である。

これがどうにも、いけすかない娘で、

「八丁堀の与力の屋敷ていどでは、いくら武家奉公といったって叶屋ほどの大店(おおだな)の娘の嫁入りの箔付けにはなりはしないよ」

などと大きな声で嘯いて憚らない。

卯野とおなじく十六歳で、裕福な商家の娘だから舞い込む縁談は数知れぬ。ところが花絵は、そのどれにもわがままを言って疎み、頷かないのだそうだ。

そんな気性を持て余した姉のお絲が、出入りの髪結いであるお蔦を頼り、武井家に送り込んだものらしい。黙っていれば芙蓉の花のように清楚な華やかさをもつ風貌なのに、実はわがまま娘とは、まことにもったいないことである。

「卯野さま」

武井家の娘の千鶴が、おっとりと卯野を呼んだ。

「お茶の稽古に出かけますよ」

女中が用意した風呂敷包みを持ち、卯野は神妙に千鶴の供につく。

千鶴は十八。虎之介が養子に来たのち、武井家に産まれた実子だ。が、女子である。冠木門を出たところで千鶴が、ちいさな花の花びらがほころびるように笑った。幼な顔で背が低く、少々、太り気味。見た目の印象はやわらかく、やさしげな娘であるのだが、あのお蔦と気が合うだけあって芯にはしっかりとしたものを持っている。

「花絵さんの髪に見惚れていましたね」

卯野は頬を染めてうつむく。

　花絵は結綿に、花色の鹿の子をかけていた。紫の色味が勝つ、青。

　結綿は、嫁入り前の少女が結う髪型である。本来は娘らしく華やかな簪や櫛で可愛らしく飾るのだが、鼈甲の櫛と揃いの簪を添えただけなのは、朝早くにやって来た髪結いのお蔦が、

『こちらへのご奉公の身にふさわしく』

と、花絵のわがままにも理解を示しつつ折り合いをつけ、説得したためだそうだ。

　奉公人の髪に、色はいらない。手絡、簪、櫛、どの色もいらない。が、花絵が欲しがるので花色の鹿の子を添えた。それでよし、とされるのは、行儀見習いのための奉公でしかないという甘えが、花絵にも武井家にもあるのだろう。

「お蔦さんに会いたかったでしょう」

　千鶴に問われ、卯野は返事に困った。

　お蔦の姿は見ている。声をかけたかったのだが、それはお蔦の帰りぎわで、花絵と何か揉めているようであり、卯野自身も用を言いつけられてそれに向かう途中だったため、残念ながらあきらめたのだ。

　が、それは、会いたかったのに会えなかったのと同じと思い、素直に頷いた。

「はい」

　千鶴は嘆息した。

「卯野さまも今や、我が家の奉公人ですからねえ。昔のようにはいかないわね」

そのとおり、卯野は今、武井家に奉公する身であった。

二

村井屋の小火騒ぎの火元とされる場所に、紙入れが落ちていた。

焼けてはいたが、元の姿がわかるくらいには燃え残っていた。外側は地味な御納戸茶、それが焼けてあらわになった内側に、あざやかな色合いの縞。千世が叶屋で周太郎のために求めた、あの紙入れとそっくり同じものだったのだ。

周太郎にはめずらしく、それが女房の心づくしであることを照れながらも皆に話していたのだそうだ。

そのために、奉行所では誰の口からともなく、周太郎への疑惑がわいた。

はじめは戯れのようでしかなかったものが、次第に質の悪い噂に変わってゆく。日ごろ、上の覚えもめでたい周太郎への、やっかみが加わったのがいけなかった。

まずは奉行が直々に周太郎を呼び出して話を聞き、その後、支配頭の取り調べを受けることにもなってしまった。

当然、周太郎は、自分には関わりのないことと首を振る。

しかし、支配頭は簡単には頷かなかった。日ごろの周太郎の人柄、つまり生真面目で勤勉であることは認めているのだが、人は見かけによらぬもの、とも気持ちが揺れたようだ。とにかく、火事場に周太郎の紙入れが落ちていたという事実が、支配頭をはじめ皆の疑心を生んでしまった。

ところが、そうなると初めに騒ぎ立てた者たちが今度は、

『あの浅岡周太郎がつけ火などするはずがない』

などと庇(かば)い始めたのである。

小火が出たのは村井屋だけではない。村井屋の件が周太郎のつけ火と決まると、他の小火も周太郎のしわざということで落着してしまいかねない。やっかみからのたわいない噂がひとり歩きし、事態が大きくなりすぎたことに皆、恐れをなしたのだ。

火事場に居合わせたことを、周太郎は隠していない。紙入れを、うっかり落としていたのだとしても、おかしくはない。そして、浅岡周太郎が村井屋に火をつける理由などどこにもない。

『周太郎は無実なのでは』

『では、誰が火をつけたのだ』

『あの紙入れは』

それ以外に、火つけ犯の足あとを辿れそうな証拠はひとつもないのだ。

『火事の前になくしたと、周太郎は申しておるそうだ』

奉行所のあちらこちらの詰所の隅で、少しの間が出来ると与力も同心もひそひそと火事と周太郎の噂話に真剣になった。

『紙入れは、盗まれたのではないか』

そう言い出した者がいる。

『これは案外――』

と、別の者が続けた。

『周太郎は罠にはめられただけなのかもしれん。誰かが周太郎を陥れ、罪を着せた』

『いったい誰が、なんのために』

もちろん、それに答えられる者はひとりもいない。

誰もが悶々としたまま時は過ぎ、やがて、

『ならば』

との声が、どこからともなく起こった。

『あれは周太郎が、当人も気づかぬうちに何かをしたために起きた、失火だったということにしてしまえばよいのではないか』

つけ火であれば命も問われる罪になる。が、失火ならば、三十日から五十日の押込、つまりその間は屋敷の門を閉じておとなしくしていればよい、との罰で済むはずだ。むろん、他の小火に周太郎はなんの関わりもないとする。

いつの間にか、それが最善の策という意見が満ちていった。

評定所に送られたのち、問われた罪は、三十日の押込である。しかし、期日が過ぎればすべてなかったことにしよう、とも暗に示された。

つまり、解決しそうにないつけ火の罪を周太郎に押しつけ、形だけはおさめた上でその後はうやむやにしてしまおうというのである。

無論、周太郎は訴え続けた。村井屋の火事に自分はなんの関わりもない、紙入れをなくしたのは火事よりもずっと前のことなのだ、と。

しかし周りの誰もが、周太郎を説得しにかかった。

『三十日、我慢すればそれで済む。すべてはなかったことになる。それにおそらく、上からは、この面倒を受け入れた見返りがあるに違いない』

それで良しと出来る周太郎ではない。しかし、

『くだらんことで意地を張るな。いいかげんのところで折れておかぬと、浅岡家の将来を危うくする大事につながるようなこともあるやもしれん』

とまで脅されては、納得いかないながらも口を閉ざすしかなくなった。

結局、周太郎は、押込の罰を受け入れることに決めたのだった。

あれほど多忙にしていた周太郎が日がな一日、屋敷にいる。

それは奇妙な日々だった。

周太郎は、ほとんど口をきかなかった。居間で書物を読むことに没頭していたかと思うと、濡れ縁にいる。ぼんやりと庭をながめ、時折、下駄を引っ掛けて降りてゆき、空を見上げる。

とにかくいつも通りに過ごすしかなく、女たちは食事の支度をし、掃除をし、縫いものをする。その合間に、周太郎の様子をそっとうかがう。周太郎に倣うかのように誰もが口を開かず、屋敷の内は常に静かだ。

奇妙で、重苦しい日々でもあった。

卯野は千世を横目に見つつ、ため息をついた。義姉は誰より周太郎を心配するあまり食も進まず、目に見えて、やつれ始めた。針を持つのも難儀なようで、縫いかけの足袋を膝に置いたまま、庭の陽だまりに目を放つ。

「お義姉さま」

さりげなく、卯野は声をかけた。

千世はすぐにはこたえてくれず、こちらが焦れるほど待たされてやっと、物憂げに振り向いた。なんでしょう、と目の動きだけで問うてくる。

「そろそろ、髪を結い直しませんか」

千世の心を、少しでも明るくしてあげたい。そのために、と卯野が思いついたのは髪結いだった。他に、出来ることは何もない。

けれども千世は、鬢に手をやり力なく首を振るだけなのだ。あとはまた、ぼんやりしている。

しばらく様子を見ていたものの、あきらめるしかなく、卯野は自分の針を手に取った。

千世が髪をまかせてくれたなら、ああしようこうしよう、と考えていた。そのあれこれが、夜、床に入ったのちも頭の中をぐるぐる巡り、消えてくれない。

髪を結いたい。

その思いに突き動かされ、夜が明けるより前に、卯野は隣に眠る母を起こさぬよう、そっと起き出した。ほとんど寝てはいなかった。

湯を沸かすわけにもいかず、井戸端でざっと髪を洗う。家族の眠りを妨げぬよう、奥の納戸に鏡台を運び入れた。わくわくしながら、その前に座る。

千世の髪の結い方を思い描いていたため、それが抜けず、丸髷を結ってみることにした。嫁入り前の娘である自分は、まだ結うことのない髪型である。鞠のように丸い髷。左右に大きく張り出すように取った鬢は、髪の筋が出来るだけ透けて見えるようにしてみた。燈籠鬢と呼ばれる、手間のかかるそれに夢中になるうちに空は白み始めていたが、卯野はまったく気づいていない。

鏡をのぞき、じっくりとながめる。反省すべき点などもあり、合わせ鏡にした手鏡の角度をあれこれ変えてみる。

髪を結うのは、やはり楽しい。こんなときであっても心が浮き立つ。

ふと、たまらなく後ろめたい気持ちに襲われた。

と、そのとき、屋敷のどこかで誰かが起き出し、動き始める気配があった。

こんなときであるのに、髪結いを楽しんでいて良いわけがない。

慌てて丸髷を解き、娘らしい島田に結い直した。髷を高く取り、手早いながらも慎重に結ってゆく。緋縮緬と、ちいさな花の付いた気に入りの簪で色を添え、仕上がった頃にはすっかり夜が明けていた。

納戸を出、台所へ向かう途中で母と行きあい、どちらも驚き足を止める。先ほど伝わってきたのは母の気配であったらしい。

「おはようございます」

「早いのねえ、卯野」

一日のはじまりだというのに、母は疲れきった重苦しい声である。微笑んではくれたが、そこにも隠しきれていない翳りがあった。

母も、周太郎のことが心配でたまらないのだ。

た。


「髪を結ったのね」

「はい」

「きれいね。よく似合っていますよ」

母の声に咎めるふうはまるでないのに、やはり後ろめたくて、つい身を縮めてしまった。


午まえに、ふらりと虎之介がやって来た。

周太郎の居間にふたりで籠もり、障子もぴたりと閉め切って、午すぎまで話し込んでいた。

やがて乱暴に開かれた障子から虎之介だけが難しい顔で出てきたかと思うと、慌てて声をかける女たちの誰にもこたえず、口をへの字に結んだまま玄関へ向かう。足音荒く式台に降り、そのままさっさと帰っていった。

呆然と見送る卯野を、いつの間に居間から出てきたのか、周太郎が手招きする。

「おいで」

居間へ戻る兄に導かれてゆくと、

「虎之介のみやげだ」

饅頭の包みを示された。卯野の好きな菓子屋の饅頭である。小豆の中に、隠し味の塩の旨みがほんのりと感じられるのがいい。名のある店のものではないが、甘すぎない餡の好きな卯野の口に合う。

「千鶴どのも贔屓にしている饅頭だというぞ」

「存じております。はじめは、千鶴さまが勧めてくださったの」

茶を淹れ、並んで縁に座り、ふたりで饅頭を味わった。

とりとめのない話をした。昔の話ばかりだ。卯野と自分とのこと。千世と自分とのこと。虎之介と自分とのこと。

「虎之介に怒られた。なぜ抗うのをやめた、濡れ衣など受け入れるな、戦い続けろ——延々、説教が続いたよ」

「でも、三十日が明ければ、すべてはなかったこととなるのでしょう」

「その通り」

周太郎は苦笑し、饅頭の半分を口に入れた。甘いそれを、ほとんど嚙みもせず飲み込んだあとも、顔に浮かんだ苦いものは消えない。

「そして上役の連中に、俺は恩を売ったことにもなる」

「それは悪いことですか」

「それはとても姑息なことだ」

周太郎は吐き捨てた。

卯野は思わず、饅頭を口に運びかけていた手を止める。まじまじと兄を見つめ、食べかけの饅頭を膝に下ろした。食べたいという気持ちは失せていた。

周太郎は、抗っていたのだ。自分はつけ火などしていないと、真っすぐに訴えていた。なのになぜ、奉行所の皆からの説得に負けてしまったのか。それを虎之介に散々、罵られたという。

「あいつの言うとおりだなあ」

卯野が何も言えずにいると、周太郎は労わるような笑顔をくれた。

「つまらんことを言ってしまったな。悪かった」

「いえ」

慌てて首を振る卯野の髪に、周太郎は目を留める。

「今日もきれいに整えてあるな」

花簪を指でつつく。

「これはなんだ、梅かな」

「桜ですよ」

「そうか。俺はだめだな、花の区別もつかん」

「あら、私の髪を気にかけてくださっただけで上出来です」

卯野が褒めると、

「おなじようにすれば、千世も喜んでくれるだろうか」

と、はにかむ。

「もちろん」

軽やかに笑う卯野に合わせて、周太郎も笑った。

陽ざしはあたたかく、饅頭は旨い。兄とふたりの楽しいひとときであるはずなのに、なぜか背筋がふるえる。何か不気味な空恐ろしさが、卯野の胸を重くする。

その後も周太郎の様子は変わらなかった。

ところが明日で押込の日々も終わるという日の朝、周太郎は淡々と、切腹のための支度を始めた。

周太郎は誰に相談することもなく、ひとりで、この騒動の始末をつけたのだった。選んだ道は、切腹。

屋敷は大騒動になり、使用人や、やがて呼ばれてきた町奉行所の者たちなどが入り乱れ、卯野も母も千世も蚊帳(かや)の外に置かれてしまった。酷(むご)いものを女たちが目にするのは可哀想(かわいそう)だとの気配りもあったのだろう。湯灌(ゆかん)も終わり床に据えられてからやっと、卯野は兄との対面を許された。

兄とふたりだけにしてもらい、その死に顔を、おそるおそるのぞき込む。

のんびりと眠っているだけのように見える、きれいな顔だった。苦痛や苦悩の色はない。

そのときの卯野は、ほっとする思いを噛みしめたものだったが、あとで人に聞いたところ、亡くなったひとはちょうどそのころ、顔が福々しくふくらみ、安らかに見えるものであるのだそうだ。残された者の悲しみを和らげるためであるのだろうか。

ふと差した影に驚き、目を上げると虎之介がいた。

「腹を切れなどと言った覚えは、俺にはない」

たましいの抜けたようなぼんやりした目で、眠る周太郎を見下ろしている。

卯野も兄へと目を戻した。まだ信じられない。何が起こっているのかを、正確に理解できてはいない。

「腹を切って、なんになる」

呟き（つぶや）ながら虎之介は、周太郎の枕元に、腰を落とすように座り込んだ。

この結末はなんとも周太郎らしい——と、そのひと言に尽きるのかもしれない。生真面目で、生真面目すぎて融通がきかない。濡れ衣を着ることで上役に恩を着せ、要領よく、ずる賢く立ち回ってしまえばいいものを、周太郎にそれは出来ない。かと言って、いたずらに無実を主張しつづけるのでは皆に迷惑を掛けてしまうのもわかっている。

だからなのか、と虎之介は周太郎の寝顔に問うた。

恥をかかぬよう自害し、つけ火の罪を悔いてみせた——と見せかけつつ、いのちを賭して無実を訴えたとも見える、この道を選んだのではないか。

「死ぬなよ」

ぽろりと、虎之介は涙まじりの声を落とす。

「なあ——、おい、死ぬなよ、周太郎。俺のせいなのか。俺はいらぬことを言ったのか。おまえを責めたりしなければよかったのか」

苦い血を吐き捨てるかのような唸りであった。

卯野の目にも、涙が滲む。

ふたりは黙り込んだまま、微笑み眠る周太郎を見守った。このひとが起き上がることは、もう決してないのだ。

卯野の涙が、ぽたぽたと畳に落ちた。声もなく、ただ大粒の涙をこぼし続ける卯野の肩を、虎之介が引き寄せた。さすって宥めてやりながら、つられて湧き出す自分の涙をもう片方の手で乱暴にぬぐった。

周太郎の死は、表向き病のためとされた。

押込の罰を受けているさなかであったことも、いつの間にかうやむやになり、村井屋の火事ですら、なかったことにされてゆきそうな様子だ。

いのちまでも懸けた周太郎の訴えは、ある意味、無駄なものにはならずに済んだと言えるのだろう。何もかもが隠蔽されたに過ぎないこれを、濡れ衣が晴らされたのだと思い込むことが出来さえすれば。

主を亡くした浅岡家の今後については、卯野が婿を迎えればよいのだそうだ。婿養子を取り、跡を継いでもらう。

卯野はそれでいいと言ったのだが、母の八重は微笑みながらも重く首を振るだけだ。

そして周太郎の葬儀が終わり、ひと息ついたころ、八重が下した決断は、誰もが驚くものだった。

「浅岡家は、これで終わりです」

幕府御家人としての身分を放棄する、というのだ。

さらさらとした小雨の降る日だった。朝餉とその片づけが済むと、奥の居間で、八重は卯野と千世を真っすぐに見据えた。

「なぜですか」

「何もそこまで」

卯野と千世が叫んでも、動じない。

「終わりです。そう決めました」

その後、様々の始末をつけてゆく様子が周太郎の最期によく似た淡々としたものであることが、どこか不気味でもあった。

親戚に、跡を取ってもらえそうな者がいないわけではないのだが、八重は、身分を売ると言い出した。そのことにも、卯野も皆もまた驚いたものだ。確かに、生活苦から逃れるために武家の身分を売る者があるという御時世だ。しかし、今の浅岡家にはそこそこの蓄えがあり、そこまでする必要はないように思われる。

それでも八重は言うのだった。

「蓄えは、増やせるならばもっと増やしたほうがよい。これから、どうなるかわかりませんよ」

確かに、そのとおりである。

ありがたいことに、買い手はすぐに見つかった。武にも文にも秀でた次男がいるのだがその将来を生かすにはどうしたものかと長年、憂えてきたという、とある商家の主人との仲介をしてくれる者があった。

そして卯野は、武家の娘ではなくなることとなったのだった。

三

八丁堀の役宅は、返上しなければならない。

卯野は、生まれ育った我が家を離れ、新しい住まいを求めなくてはならなくなった。

最後の日は、いかにも春らしい、ぽかぽかと暖かな陽のさす一日になった。

義姉の千世が、庭の池のほとりに座り込んでいた。周太郎を生涯を懸けるべきひととと見初めた、あの池のほとりである。

千世は、実家に戻ることが決まっていた。

周太郎の妻として、八重の娘、卯野の姉としてこれからも共に生きてゆきたいと泣いて訴えたのだが、八重は頑としてそれを受け入れなかった。

「そなたにはまた、違う明日があるのですよ」

突き放すような冷たい言い方である。が、八重は敢えてそうしたのだと、千世はきちんと受け止めた。まだ若い千世が夫の死に殉じて一生を過ごすなど、あってはならない。八重は、そう言っているのだ。また別の幸せがあるに違いないのだから、それを摑みにゆきなさい、と。

実家の両親も、戻りなさいと諫めてきた。卯野は「寂しい」と泣きつづけたが、やがて千世は頷き、浅岡家を出ることを自分で決めた。

池の端にある義姉の背に、卯野はそっと近づく。

横顔をうかがうと、意外なことに、千世の口の端にはやわらかな笑みが浮かんでいた。

「わたくしは、幸せでございました」

思うべきひととめぐりあい、夫婦になれた。

「幸せなどと」

卯野は口惜しげに言い捨てた。

あれほど思い合い夫婦になったふたりが、ほんの数年で、子どもを残すこともなく死などという禍々しいものによってその仲を分かたれてしまってよいはずがない。

「それでも幸せだったのです」

思うべきひとから、思いを返してもらえたのだから。

しかしやはり頰には、はらはらと涙がこぼれる。それでも千世は微笑みつづける。

そのままで、千世は呻いた。

「もう一度、周太郎さまに会いたい」

その目が痛ましげに歪むのを、卯野は見た。

「一緒に生きたかった。もっと、もっと」

千世の喉の奥から悲鳴がもれた。それはすぐに号泣に変わる。千世が腕を伸ばしてくると、卯野は受け止め、しっかりと抱きしめた。

共に泣き、互いを支え合い、ふたりはなんとかそこに立っていた。

涙が止むまで、どれほどの時が経ったことだろう。

まず、千世が顔を上げた。

「また、髪を結ってもらいたいわ。卯野さまに結ってもらうのが一番に好き。お蔦さんに結ってもらったときよりも、満ち足りた気持ちになるのよ」

　さすがにそれは褒めすぎだ。卯野は笑って、そう言った。

「いいえ、本当のことですよ。きれいなものが好き、自分も、ひとも、きれいにしてあげるのが好き、楽しい。その気持ちが卯野さまの手から、私の髪に伝わってくるのね。私も楽しく、幸せな気持ちになるの」

　改めて、卯野を抱きしめてくれた。

「ここで別れてしまっても、わたくしたちは生涯の姉妹。その気持ちを忘れないでいましょうね」

　別れ際、指を絡めて手を握り、誓いの言葉を千世はくれた。

　翌日、卯野母娘が引っ越した新しい住まい――それはなんと、あの飯島家が屋敷内に持つ貸家であった。

　八重の決意を聞きつけたらしい飯島駒が、ある日ひとりで、ふらりと浅岡家に現れたのである。

「私どもの屋敷内の貸家が今、空いております」

と、いう。

奉行所勤めには様々の役得があり、お上からいただく禄以外の実入りもあれこれあるため町方役人は比較的、豊かに暮らしている。卯野母娘に今、それなりの蓄えがあるのもそのためだった。さらに、与力や同心の多くが屋敷地の内に貸家を持ち、店賃を暮らしの足しにもしている。飯島家も、そのひとつだ。

しかし、飯島家にある貸家には、ひとの居着かぬことが多かった。理由はもちろん、うるさ型の駒があれこれ口を出してくるのを疎み、しばらくは我慢するものの結局、耐え切れなくなるからだ。

「いかがでしょう、私どもの貸家に、まずは越していらしては」

駒は、不気味なほど静かに、母娘を見つめている。その目の芯は揺らぎもしない。何を思ってこんなことを言い出したのかは、まるでうかがい知れなくて不気味だ。

「先日の騒動でご迷惑もおかけしたことへの、せめてものお詫びでございます」

お蔦を盗人の一味だと騒ぎ立てた、あれへの謝罪であるという。

厳しいことを言えば、武家の身分を捨てた卯野母娘は、武家地である八丁掘の組屋敷に住まうことは出来ない。それでも事情が事情なのだから目をつぶってもらえるに違いない——駒は説いた。

その日は返事をせず、帰ってもらった。

武家の身分を捨てると決めたものの、今後どうしたらよいものなのか、先ゆきがまったく見えないというのは事実だった。役宅を出たあとの、住まいのあても、もちろんない。

八重は、あっさり、

「まず、お世話になることにしましょうか」

翌朝には、そのように決めていた。

「その先はその先で、また考えてみればよいだけのこと。いつ、どのように違う道がひらけてゆくのかは、わかりませんよ」

なりゆきにまかせてみましょうか——などと、ゆったりと微笑むのが頼もしく見える。八重はなぜ、浅岡家を終わらせると決めたのだろう。訊(たず)ねたいのだが、こんな母を見ていると、どうでもいいことのような気もしてくるのが不思議だった。

おそらく、今は母を信じて、ついてゆけばよいのだろう。

とはいえ引っ越しを済ませたその夜は、やはり安らかには眠れなかった。

卯野が生まれ育った浅岡家は、三百坪の地に建坪百余りの母屋のある屋敷だった。しかしここは、居間に寝間、台所、ちいさな納戸、それだけの狭い住まい。しかも家の中に母とふたりきりというのは、家族や奉公人に囲まれて暮らしてきた卯野にとっては初めてのことで、心細くてたまらない。生まれたときからずっとそばにいてくれたお藤もいない。ついてくると言い張ったのだが、八重が頷かず、商家に嫁いだ娘のもとへと泣く泣く去った。

とにかく眠らなければと目を閉じた。すると周太郎がいた日々の思い出が眼裏に浮かび、やさしい声が聞こえるような気もして、知らぬ間に涙が滲む。

何度も寝返りをうった挙句、卯野は、そっと寝間を抜け出した。

水でも飲めば気持ちが落ち着き、眠気もさしてくるだろうかと、足音を忍ばせ台所に向かった。

水瓶から杓で一杯、掬った。湯呑みに移し、それを持って中庭に出る。母屋の、家主である飯島家と共有する井戸もある場であった。

季節はいつの間にか進み、梅雨に差しかかろうとしている。まだ雨の気配は遠いものの、見上げれば、厚い灰色の雲の合間にわずかに夜空が見えるだけ。明日、起きるころには降り出しているだろう。

憂鬱なため息をつき、卯野は水を飲もうとした。

ふいに、背後に人の気配を覚えた。

「おい、吉之丞、女の幽霊がいるぞ」

ひどく陽気な声がする。おそるおそる、卯野はそちらを振り向いた。

「まあ」

虎之介と、吉之丞だ。

吉之丞は、虎之介の肩に左腕を回して支えられ、すっかり身をまかせている。

「こいつに水を飲ませよう」

虎之介が言うので、卯野は自分の湯呑みを差し出した。虎之介が受け取り、吉之丞の口へと運ぶ。

「自分で飲める」

「だったら、そうしろ」

見守っていると、吉之丞はなんとか自分の足で立ち、湯呑みの水を一気に飲み干した。

虎之介が卯野へと目を向けた。

「おい、幽霊」

笑っている。

「卯野です」

「ああ、卯野だな」

吉之丞も呻いた。

「卯野だ。周太郎の妹だ。そうだ、俺は知っている」

がっくりと、吉之丞は膝を折る。だらりと、その身を地に横たえた。相当に酔っているらしい。

目を上げ、卯野を見、

「おまえ、なんの幽霊？」

酔ってまわらぬ舌で訊ねる吉之丞に、虎之介が応える。

「だから、卯野だよ」

「ああ」

吉之丞は呻いた。そして目を閉じ、眠り込んでしまう。

「だらしねぇなあ」

虎之介が眉をひそめた。

「放っておくかな」

「ですが、お風邪を召しては」

「放っておけ」

おそらく明日は明け方から雨。夜中は湿っけてあたたかい。放っておいても風邪をひくくらいで、死ぬものか。

虎之介がそう言うので、卯野も、井戸端でだらしなく眠り込む吉之丞をそのままにしようという気になった。胸の底には、吉之丞はやはり好かぬ男であるという気持ちがある。

そのまま帰ろうとする虎之介の背に、卯野は問うた。

「なぜ、虎之介さまが吉之丞さまと御一緒に」

ふたりは、特に親しくはなかったはずである。

すると、振り向いた虎之介の目には先ほどまでの陽気な様子がない。

卯野を、虎之介は束の間(つかま)じぃっと昏(くら)く見つめ、

「俺が誘った」

ぽつり、呟いたあと、にっと笑う。

「なんだな、うん……いろいろと面白かったな」

「飲んでいらっしゃったの」

「ああ」

「どちらで」

「深川の」

馴染(なじ)みの料理屋だと言った。

虎之介は、正体なく地に寝そべる吉之丞に、ちらりと目をやった。

「ただ、ただ気に食わない、嫌いでしかない奴(やつ)だったんだが」

「私は今も嫌いです」

卯野は、奥歯を軋(きし)らせるように言い捨てた。虎之介はおおいに笑った。やがてそれをおさめるとすぐ、真顔に戻る。

「そうだ。おまえ、我が家に奉公する気はないか」

唐突な申し出に卯野は戸惑い、大きく見開いた目で、ただ虎之介を見つめ返す。

虎之介は、だらしなく寝返りをうつ吉之丞を再び見ると、

「まあいい。また改めて」

もう寝なさいと卯野を追い立て、悠々と帰ってゆく。

それを見送り、寝床に戻り、目をつぶったものの眠れない。なぜだろう、と思うとなぜか、心に掛かるのは井戸端に放ったままの吉之丞なのである。愚かなことはわかっているが、どれほど嫌いな者であってもやはり、風邪でもひかれたら自分にも責任がないとは言い切れないのが気にかかる。

結局、また床を抜け出した。

井戸端へ向かう。吉之丞が目覚めて母屋に戻ってくれていたらいいと願ったが、そうはいかなかった。飯島家の、養子の、惣領息子は、いまだ井戸端でひっくり返っている。

しかし、まぶたは開いていた。曇った夜空を、情けない目で見上げていた。卯野がいることに気づくと、こちらに目玉を、ぞろりと向ける。

「卯野」

「はい」

「おまえ、なぜまた来た」

「虎之介さまは、あのようにおっしゃいましたけれど、放っておいてはお風邪を召されますでしょう」

「放っておいて、風邪でもひいて苦しむのを楽しんで見ておればよいものを」

「なぜ、そのように思われますの」

「おまえは俺を好いてはおらぬ」

「その通りでございます」

卯野は、嘘をつかなかった。

「だが」

「はい」

「おまえ、起きてきたのか」

「気になって眠れませんでしたもの。まったく、迷惑なこと」

吉之丞は鼻を夜空に向けて笑った。

「ああそうか、悪かったなあ」

どんよりと曇った昏い鼠色の空を、似たふうに濁る目で見上げる。それから、意味ありげにささやいた。

「おまえ、虎之介には相当な信頼を置いておるようだな」

意地悪く、吉之丞は笑った。

「愚かなことだ、騙されおって」

「虎之介さまは、私を騙したりなどなさいません」

「阿呆。あの紙入れは、誰かに盗まれたんだ」

「紙入れ……」

なんのことかと戸惑い、眉根を寄せる卯野に、吉之丞は苛立った。

「火事場に落ちていた、周太郎の紙入れだ」

周太郎を死に至らしめる原因となったあの火事の話をしているのだと、卯野にもわかった。

「紙入れは盗まれて、周太郎を陥れるため、村井屋の小火の現場に置かれた」

卯野も耳にしている噂だった。

もしも噂が真実ならば、どこかに真の火つけ犯がいることになる。

それは周太郎と親しい誰かに違いない——したり顔で、吉之丞は言った。

「つまり、虎之介だ。虎之介になら、あの紙入れを盗み出す隙は、いくらでもあったろう」

喉の奥で、厭らしい笑い声を鳴らす。

「虎之介が、盗んだ」

「まさか」

「虎之介は周太郎を憎んでいた」

「いいえ、おふたりは仲のよい幼なじみでした」

「阿呆。違う。虎之介は周太郎を憎み、妬んでいたのだ。俺は知っている」

武井家の後継にと望まれて養子に入ったはずが、のちに実子が生まれるや、その座から追われ、本人曰く『冷や飯食いの次男坊』という境遇にある虎之介。かたや周太郎は、すでに浅岡家の跡を継ぎ、上の覚えもめでたくなんの憂いもなく生きていた。

「そんな周太郎のそばにいて、憎まぬはずがない。妬まぬはずがない。だから虎之介は周太郎を陥れたのだ」

なんということを言い出すのだろうと、次第に腹が立ってきた。

しかしよく見ると吉之丞は、熱に浮かされたように喚きつつ、くちびるの端からだらしなく涎を垂らしているのだ。

これでは怒りも続かない。酔っぱらいの戯言でしかない。

すっかり呆れ果てた卯野は、吉之丞を残してゆくことに決めた。こんな男に、つきあっている暇はない。このままここで朝を迎え、風邪をひこうが知るものか。

「ほかの小火だって、実は虎之介のしわざに決まっている。ふだん、表面つらは親にも弟にもいい顔をしている分、どうしようもない苛立ちを腹に溜めているのさ。それを皆、火をつけて燃やしてしまう。そうすれば気が紛れる。どうにか正気を保てる。そうせずにはいられない。──わかるか、卯野。憎しみも妬みも嫉みも、それほど根深いものなのだ。おまえは知らんだろう。でもなあ、俺は知ってる。知っているのだ」

吉之丞はごろりと身をころがし、頰を土に押しつけた。酔って火照るのを冷ますためであるようだ。そして頼りなく呼びかけてくる。

「なあ、卯野」

応えず、さっさと背を向ける。が、

「ほかの道もあったのだろうか」

と続いた声が、あまりに幼く、侘しくて寂しげで、つい振り向いてしまった。そこにあるのは吉之丞のうつろな目だ。

「この家の養子に入ることなどなく、母上の子になることもない。そんな道を選べていたなら俺は、今とは違う道を歩いていたのかな。どうだろう」

まぶたを閉じて眠り込む。

卯野は吉之丞の寝顔をしばらく見下ろしていた。

気の毒なひとだとは思う。しかし、手を差しのべて救ってやることなど卯野には出来ない。あの駒を養母に持つという悩みは、あまりにも深すぎて、卯野の手には余ってしまう。

関わらないのが最善だ。

卯野は、そっと井戸端から離れた。

四

武井家の娘、千鶴のお茶の師匠の住まいは、神田佐久間町にあった。

稽古の供に付いていくのも奉公人である卯野の役目であると言われ、初めてその日、出かけて行ったのだった。

井戸端で会ったのち、また改めて、の言葉のとおりに訪ねてきた虎之介は、奉公の話を申し出た。

『通いでいいんだ。奉公というより、行儀見習いだな。ゆくゆくはおまえの嫁入り先も世話しようと、母上がはりきっておられたぞ』

浅岡家は終わり、と八重が宣言したものの、ではこれからどうしてゆこうというのか具体的な明日が見えているわけではない。母娘は、ありがたく受け入れることにした。

そして今、卯野は神妙に千鶴のお供を務めている。

梅雨の合間の五月晴れ(さつきばれ)。しっとりと、あたたかな一日である。

のんびり、のんびりと目に映るものをながめながら歩く千鶴について歩くのは、たましいが洗われるような心地がして楽しかった。

　人形屋の前で立ち止まり、土人形のうさぎの顔が、

「お兄さまにそっくり」

　と千鶴は笑う。

　小袖に袴(はかま)、袖なし羽織を身につけ、しゃちほこばって座っている格好のうさぎなのだが、なぜか、その目はいたずらっぽく笑っている。

　確かに、どことなく虎之介を思い出させると、卯野も笑った。

「でもお兄さまは、あれでなかなか大した方なのですよ。なのに皆さま勝手に、深川だの岡場所だの——刺青(いれずみ)だの騒いでいる」

　不満げに短く息を吐き、

「お兄さまのお身体(からだ)に、刺青なんてありませんよ」

　くちびるを尖(とが)らせた。

　和泉橋(いずみばし)を渡り、神田川沿いの通りで、小間物屋(こまものや)の前を通った。間口(まぐち)は三間(けん)、二階建て長屋の小店(こだな)だが、随分と繁盛しているようで、横目にのぞくと三組も重なってしまった客の応対に店の者があたふたしているのが見える。

　すぐに、三十を越えたか越えぬかという歳(とし)ごろの女が出てきて、三組すべてに愛想を振りまきながら見事な客さばきを始めた。

白屋、と暖簾（のれん）が出ている。

「お蔦さんの贔屓の、小間物屋ですよ」

千鶴が言った。

「卯野さまも、目をお留めになるのね」

くすくすと笑っている。

小間物屋の店先には、卯野が大好きな、簪やら櫛、鹿の子など、髪結いに使うものの他、紅やおしろいなど、女たちがきれいに装うためのあれこれが並んでいるのだ。

「お蔦さんは、櫛や油や、髪結いの道具をこの白屋さんで調えています」

「それほど良いものを扱っている店なのですね」

卯野は首を伸ばし、店の中をうかがった。

「あれがお内儀」

先ほどの女を指で示す。卯野は、なるほどと頷く。

武井家での毎日は、なかなかに忙しい。おかげですっかり疲れきり、夜、眠れないということもなくなってきたのがありがたい。

千鶴の世話をする。奥方の話し相手をする。台所の手伝いをして料理を習う。掃除の極意なども、当主・格之進が子どものころからいるという女中のお留（とめ）から厳しくしつけられた。

卯野が好きなのは台所での仕事だった。

武井家では、奥方の美津が取り仕切って毎日の膳を調える。

「旦那さまが、これをお好きですからね」

と、美津が気にかけるのは格之進の好みで、その姿には義姉の千世が懐かしくも慕わしく、思い起こされた。

その日、美津が夕餉の一品に決めたのは〝卵ふわふわ〟という名も愛らしい料理だ。泡が立つほどよくかき混ぜた卵を、鰹の出汁に放ち、ふんわりと盛りあがるほどに火が通ったら椀によそう。

簡単な料理のようだが、いろいろとコツがある。卵はよくよくかき混ぜておくこと、出汁に落とすときは鍋の縁から、鍋はなるべくちいさいものを、等々、教えられた。

格之進は卵料理が大好きで、招かれて出かけた料理屋で大層、これが気に入ってしまい、我が家でも味わえぬものかと言ったのだ。美津は早速、その料理屋に出かけ、板前に作り方を訊いてきた。

卯野は、言われるままに料理するのを楽しんだ。その通りにすると、なるほど、見た目もきれいに仕上がる。自分の手が作り出したものがきれいであると単純に、卯野は嬉しい。

ひっそりと微笑む卯野のそばでは、共に台所にいた花絵が大騒ぎを繰り広げていた。

袋物を商う叶屋の次女で卯野の同輩でもある、あの花絵である。

卵のかき混ぜは足りず、鍋の縁から流し込むようにとされた卵もうっかり真ん中に落とす、といった失敗ばかり。結局、最後に大きく肩を落とした。

「私は料理に向きません」

料理だけではない。

縫いものも苦手で、針の運びは不格好。髪結いも苦手のようだ。千鶴がお蔦を呼ぶたび、奉公人の分を越えてわがままを言い、自分も結ってもらうのだが、それ以外には髪を解きもしない。解いたら最後、自分ではどうしようもなくなるからだ。

それに気づいたとき、卯野はこっそりと、ひとり笑いを漏らしてしまった。

「お義姉（ねえ）さまとおなじ」

義姉の千世は愛すべき不器用者で、髪を結うのが大の苦手。

千世の今を、卯野は知らない。あれきり、縁は切れている。

花絵は卯野にとって、どことなく興味を引かれる娘だった。

が、向こうはこちらを気にしていない。同い年なのだから仲よくなれたら良いと思うのだが、まだ一度も、親しく口をきいたことはない。

ある日のこと、卯野と花絵はふたりで奥の居間の雑巾がけをしていた。花絵は畳を拭き、卯野は床の間を拭く。いつもならお留が付いてあれこれ口出ししてくるのだが、そのときは奥方に呼ばれて出てゆき、不在であった。花絵は卯野に対して無視を決め込み、不自然で重苦しい沈黙が満ちる中、ふたりとも黙々と手を動かす。

そこへ、ふらりと虎之介が顔を出した。途端に嬉しげな声を上げた花絵は、雑巾を放り出して虎之介のもとに向かった。

「ねえねえ、聞いてください、虎之介さま」

迎える虎之介は、いかにも甘い笑顔である。

「なんだ、お花坊」

卯野は手を止め、そちらを振り向く。ふたりは、どうやら親しいらしい。

「お留さんにまた、叱られました」

「今度はなんだ」

「言われたとおりに慎重にハタキを振っておりましたら、神棚の上のものがすっかり落ちてしまいました」

「慎重に、したのか」

「はい」

花絵は大きく頷いているが、もちろん、そんなわけはない。

卯野は見ていた。花絵はハタキをいいかげんに振りまわし、落ちるものがあれば無造作に拾い上げて元に戻す。お留がたちまち、悲鳴を上げた。

『花絵さん、それは奥方さまが亀戸の天神様からいただいてきた、大事な雷よけの御札』

お留は卯野や花絵から見たら祖母のような年齢のはずなのだが、気持ちは若く、体もよく動く。万事にうるさく口を出してくるため鬱陶しいが、言葉の底にはいつもあたたかみがある。花絵に対しても、叶屋から預かった大事な娘を、何ごとにも不器用な今のままで嫁入りさせるようなことになったら大変、自分がしっかり仕込まねばとの使命に燃えているのだろう。

しかし、その熱意は花絵にはまったく通じておらず、ぐちぐちと虎之介に甘えている。

「早く、もとの暮らしに戻りたい」

「叶屋に帰りたいのか」

すると、花絵は黙り込む。

「姉さんのそばにはいたくなかったんだろう。だから、俺が骨を折ってやったのに」

ふい、と花絵は虎之介のそばを離れ、雑巾を拾い上げた。神妙な顔で畳を拭き始める。

「おい、花絵」

呼ばれても、

「私はお掃除をしているのです。邪魔をしないでください」

くちびるを尖らせて黙り込む。

しばらくその様子を見ていたあと、虎之介はため息をつき、ちらりと卯野を見た。

気づかぬふりで、卯野は、違い棚の隅を熱心に拭き清めた。

どうやら、叶屋のわがまま娘が武家へ行儀見習いに出されたというだけではない事情が何かあるらしい。


「では、いってまいります」

声をかけると、母の八重は、帯を結びながら目を上げた。

「はい、気をつけて行くのですよ」

毎朝、夜が明けるのも待たず、母の身支度も済まないうちに、卯野は飯島家にある住まいを出る。

「武井さまのお宅はご近所とはいえ、今日の雨は随分とひどいようです」

卯野を送り出しがてら外に出て、八重は空を見上げた。

梅雨はまだ明けておらず、最後にありったけの力を空が絞り出したかというような、大雨の朝だった。傘をさし、ふだんの出入りに使っている飯島家の裏門に向かう。

吉之丞がいた。

蔵の裏手で、ぼんやり空を見上げている。傘はなく、床から出た夜着のままの姿だ。

すると吉之丞の名を呼ぶ怒声が響いて、卯野は驚き立ち止まった。

吉之丞の養父の、治三郎である。苛立たしげに眉を寄せ、吉之丞を見据えている。

卯野が治三郎の姿を目にするのは初めてのことだった。年番方与力という町奉行所の要職にあり、皆から慕われ信頼を置かれている人物だと聞く。柄が大きく頼もしげな男で、さらに仕事も出来るとなると、なるほど、その評判には頷ける。

吉之丞がこの養父より立派な年番方与力になるなどという夢を、駒は見つづけていたわけだ。その期待は確かに、吉之丞には重すぎたことだろう。

「何をしておる。風邪をひきたいのか、おまえは」

吉之丞を罵る治三郎の声は、さらに大きくなった。

やさしさのかけらもない非情な言葉に聞こえるが、怒鳴りながらも治三郎は傘をさしかけてやっている。わざわざ、こんなところまで吉之丞を捜しに来たのに違いない。

吉之丞は、ぼんやりとしたまま養父を見ていたが、何も答えず大儀そうに足を動かし、傘の下から出ていった。その背に、雨は無情に降りかかる。濡れて凍える子猫のように哀れな様子だ。

治三郎は息子を追わない。

見てはいけないものを目にしてしまったようで、卯野の胸は重く沈む。

飯島家の片隅に住まわせてもらっていることには感謝の念しかないのだが、飯島親子の様子を垣間見てしまう機会があるのは、なんとも気まずい。居心地の悪さに身を縮めたことが、これまでにも何度かあった。

雨足は、ますます激しく、強くなる。

傘をさしても濡れそぼつという情けない姿で、卯野は武井家に辿りついた。

お留が手拭いを手に飛んできて、濡れた卯野を拭いてくれた。

「風邪などひかれては、仕事になりませんからね」

憎まれ口を叩いているが、ただ心配してくれているだけなのは、触れてくる手のやさしさでわかる。

花絵が、それを見ていた。どこか焦れた様子である。何を思っているのかはわからないが、卯野も今や、花絵のそういった勝手には慣れきっており、まったく気にせずお留の指示にしたがい、武井家の皆の朝の支度に走りまわった。

町奉行所の出仕時間は朝四ツ（午前十時ごろ）と遅いため、奉公人にとっても楽なところもあるのだろうが、何分にも自分自身、八丁堀育ちのため、卯野には他との違いがわかっていない。

ともあれ、屋敷内の様子が一段落するまで、花絵はおとなしく待っていたようである。が、そうとなると一目散に卯野のもとへ飛んできた。

「おねがい」

卯野の腕にすがりつき、赤ん坊が乳を求めて母を見るような目を向けてくる。

卯野は、奥向の居間の掃除に向かおうとしていたのだ。ところが花絵に捕まり、まさしく今、向かおうとしていた居間に引っ張りこまれた。

「お卯野さん、あなた、髪結いが得意なのでしょう」

花絵がなぜそんなことを知っているのかと驚きつつ、卯野は答えた。

「得意なのではありませんよ。好きなだけです」

「ああ、それだけでいいのよ」

居間には、髪結いの支度がしてあった。

鏡台が据えられ、その横に、様々の梳き櫛、飾りのための櫛、簪、そして、油などが置いてある。

鏡台の前に、さっさと花絵が座った。

「私の髪を結って」

言われて初めて、花絵の髪を見る。くるくると巻いて櫛ひとつで適当にまとめられているだけで、てっぺんからも裾からも、ほつれた髪が落ちて散々な格好になっている。

「雨のせい」

花絵は眉をひそめた。

雨は、その前の三日も、しとしとと続いていた。そのために、千鶴はお蔦に髪結いを頼まず、自分で整えて済ませていた。

しかし、不器用な花絵は、そうはいかない。

「私は、どうすればいいの」

数日、我慢はしたものの、髪を洗わずにいると痒（かゆ）みが出はじめるし、それを掻（か）いたりすれば結ったものに緩みも出る。切羽つまり、自分でなんとかしてみることにした。早起きをして髪を洗い、いざ、と鏡に向かったのだが、その結果がこれである。

「ねえ、お願い。私の髪を結ってちょうだい」

涙声で訴えてくる花絵に、卯野は驚いた。あの花絵が、卯野などに助けを求めてくるとは。

しかしすぐ、わくわくと心が躍る。ひとの髪を結うのは、ひさしぶりのことだ。

しかも花絵は、

「武家の奉公人らしく地味にしろと、うるさく言われるのには、もううんざり」

などと言う。

これは、卯野なりのくふうを楽しめそうだ。

「では、町の娘さんふうに結ってみても、よろしいのでしょうか」

卯野は、おそるおそる訊ねてみた。

花絵は、それで当然と笑う。

「私は町娘です。それもあの、叶屋の娘ですよ。好きに、派手に装って何が悪いの」

卯野は苦笑した。

確かに、実家にいるときの花絵はそれでよい。しかし今は武井家の奉公人であるのだから、自重せねばならぬことはたくさんある。

それなのに、分を越えてお蔦に髪結いを頼み、さらには、

「お蔦さんは、うるさいの。私の好きには結ってくれない」

などと文句まで言い散らす。なんと返事をしたものか。

卯野は困りきっていたのだが、花絵が、

「私は、きれいでありたいの」

と言った途端、鏡の中の花絵の顔を凝視してしまった。

きれい、は大好きな言葉だ。

「きれいな色の縮緬をかけて派手な簪をさしていても、掃除も料理もきちんとこなしてみせられればよいのでしょう。奉公人がきれいであって、なぜ、いけないの」

花絵にそれが出来るとは思われないが、つい、なるほどと頷いてしまった。卯野自身、奉公人らしくとされる中であっても出来るだけ、きれいな姿をしていたいと思う。

なんとかしてあげたい。花絵も、お留も、そしてお蔦も、誰もを納得させられる髪型

は何か、あるだろうか。

元は島田にしてみた。髷にくふうはせず、ただまとめてポンと無造作に載せたようにする。飾りの、ひとつだけにこだわろうと、卯野は決めた。

それは、髷に添える縮緬だ。

用意されていたものの中に、虹色のがあるのを見て、卯野は歓声を上げた。

「きれい」

「でしょう。叶屋にあった端ぎれで作ってもらったの」

「私、叶屋さんには、お義姉さまのお供で一度、参りましたよ。よいものを商うお店ですね」

ふ、と花絵は笑った。頷きはせず、異を唱えもしなかった。

花絵の髪は、しっとりと重く、あたたかだった。梳き、まとめ、長いあいだ触れているうちに、前からよく知るもののように卯野の手に馴染んできた。

こうしていると、今の自分は武井家の奉公人であることを忘れてしまう。髪を見つめ、どのように結おうかとくふうを凝らすだけの時間を持てるのは、ただ楽しくて愛(いと)おしい。

「もっと、ひらひら揺れる簪を挿してほしいわ」

「いけません」

など、花絵のわがままを封じるのもいい。

「いかがでしょう」

以前、義姉の千世の髪を結ったときのお蔦の言葉を思い出し、訊ねてみる。花絵は、卯野が合わせ鏡で見せた仕上がりに満足したようだ。

「うん、いいね」

そのとき、お留がふたりの名を呼ぶ声が聞こえてきた。

卯野は慌ててその場を片づけ始めた。花絵のわがままにつきあい、勝手をしていたことがお留に知れたら大変だ。

「花絵さん、花絵さん――まったく、どこに消えてしまったの。お卯野さん、お卯野さん――おやまあ、お卯野さんもいないじゃないの」

驚いたことに花絵も、片づけを手伝ってくれている。

やがて、櫛を集めて両手に抱えていた花絵が、あら、と声を上げた。

「見て」

目で、障子の向こうを示してみせる。

「雨があがっているわ」

ふたりは縁に出、肩を並べ、空を見上げた。

雲が、ゆっくりと流れ始めている。

「ほら、あちらからは薄陽(うすび)が」

ふんわりと、たまご色に輝く陽のひかりを花絵が指さし、卯野は目を細めた。

「きれいねえ」

「ええ、きれい」

いつまで見ていても飽きないだろう。出来ることなら、のんびりとこのままでいたい。けれどもお留の声が、また聞こえてくるのだ。

「片づけましょう」

「ええ、片づけましょうね」

「お留さんに見つかる前に、すぐにしなくちゃ」

ため息をつき、ふたりは居間に戻った。

翌朝、いつものように夜が明けきらぬまに出かけてゆくと武井家の裏門で、まちぶせしていたらしい花絵に捕まった。

「ねえ、お願いしたいことがあるの」

満面、ひどく愛想のよい笑みである。下手に出ているその様子は、勝手娘の花絵らしくない。つまり、どうにもこうにも胡散臭い。

不穏なものを感じた卯野が思わず身を引くと、すかさず手を伸ばして来、がっしりと、二の腕を摑まれた。

「いい話なのよ」

卯野に髪を結ってもらいたがっているひとがいる、というのだ。

「私に、ですか」

「そう」

神田佐久間町にある白屋のお内儀だという。先日、千鶴のお供をして通りがかりに見た、神田川沿いにあるあの小間物屋である。

「お蔦さんのお客なんだけれどもね」

お蔦は、よんどころない事情が出来て行かれなくなってしまった。では代わりにお卯野はどうか――花絵がお蔦に薦めたところ、お蔦も了承したという。

卯野は首をかしげた。

「なぜでしょう。私などがお蔦さんの代わりになるはずはありませんよ」

問うても花絵は答えない。やはり、胡散臭い話である。

それでも、誰かの髪を結わせてもらえるという話に卯野の気持ちが動かぬわけはなかった。

花絵の髪のあたたかさが手によみがえってくる。また、あの楽しさを味わえるのだろうかと、ついつい期待が胸に涌いてくる。

それが顔にあらわれていたのだろう。見てとった花絵は、

「ほら、いい話でしょう」

にんまりと笑った。

「さ、このまま行きましょうね」

摑んだままだった卯野の腕を引っぱる。もちろん、卯野は踏みとどまった。

「そんな勝手は出来ませんよ」

武井家の奉公人としてはまず、お留か誰かに話を通してこなければならない。

それでも花絵は無責任に「大丈夫、大丈夫」と繰り返すのだが、卯野は、動くものかと足を踏んばり続けていた。

やがて花絵は癇癪を起こし、

「ああ、もう」

乱暴に吐き捨てるのだ。

「大丈夫と言っているでしょう。いいのよ、千鶴お嬢さんがご存知なんですから」

ところがそこへ、のんびりとした笑いを含んだ、千鶴の声が届いた。

「そんな嘘をついてはいけませんよ、花絵さん」

踊るような足取りで、千鶴は卯野と花絵に近づいてきた。その後ろには、お蔦が控えている。

「……嘘」

卯野は呟き、花絵は悔しげにくちびるを歪ませる。ふたりを見比べ、千鶴はなんとも楽しげである。

「卯野さま、騙されてはいけません。花絵さんのいたずらです。お蔦さんに、よんどころない事情などありません。白屋のお内儀さんの仕事には、行けます」

千鶴の背後で生真面目に黙っていたお蔦も、大きく頷いている。

「どういうことなの、花絵さん」

卯野が見据えると、花絵は後ろめたげに目をそらした。卯野の腕からも、そっと手を離すのだ。

「さ、お留が待ってますよ。今日は納戸の掃除をしたいのですって」

千鶴に追い立てられて、花絵は渋々歩き出す。

「卯野さまも」

微笑む千鶴を見はしたが、すぐには動けず、卯野は曖昧な笑いを返した。自分でも驚くほど、落胆していたのだ。

「さ、卯野さまも早く」

千鶴に頷いてみせつつも、なんとなくぐずぐずしたあと、やっと花絵のあとを追う。

裏門から屋敷へは、奥の間につながる玄関から上がる。そこへはしばらく裏庭をまわって行くことになる。

卯野の前を歩く花絵が、何やらぶつぶつ文句を呟きつづけている。時折、卯野にも同意を求めてくるのだが聞く気にならず、やり過ごした。

ふと気づくと、隣をお蔦が歩いていた。

「本当は、白屋のお内儀の髪を結いたかったのでしょう」

卯野はお蔦の横顔を見上げた。お蔦は、からかうように笑い、こちらを見下ろしていた。

「もちろんです」

素直に、卯野は頷く。

お蔦は楽しげな笑い声をあげた。

「そうでしょうねえ」

けれども卯野は武井家でお留の指示にしたがい、納戸の掃除をしなければならない。

白屋のお内儀の髪を結いにゆくのは、お蔦なのだ。

花絵は、何のためにこんな嘘をついたのだろう。わけがわからず、ただ、どうにもこうにも恨めしい。

誰かの髪を結いたい。もっともっと、様々にくふうし、思う存分、試してみたい。

日々、自分でも驚くほどに気持ちが高まってゆく。母の髪でも結わせてもらえればいいのだが、八重はもちろん、自分の髪は自分でさらりと結ってしまう。悶々と過ごす、ある日の朝、武井家に着いてすぐ台所の仕事に入ろうとしていた卯野にお留が声をかけた。

「千鶴お嬢さんがお呼びですよ」

何ごとかと千鶴の居間へ急いでゆくと、すっかり身支度を終えた千鶴、そしてお蔦が卯野を待っていた。

縁に控えたまま、ふたりの顔をゆっくりと見比べた。それを受けて千鶴が口を開く。

「卯野さまに、ご褒美を差しあげましょう」

「ご褒美、ですか」

戸惑う卯野に、千鶴は微笑み、

「毎日、本当によくつとめてくださいますからねえ。ありがとう」

かたわらのお蔦を見やる。

「これから、お蔦さんは仕事に出かけるところです。卯野さま、一緒に行っていらっしゃい」

まずは言われたことの意味がわからず、卯野は首をかしげた。そのまま、千鶴とおなじくお蔦を見やる。

お蔦は平然と控えているだけだ。卯野の目に応えをくれるわけでもない。

卯野はしばらく考え込んだ。そして、慎重に訊ねてみた。

「お蔦さんの仕事に、連れて行っていただけるということなのでしょうか」

千鶴はゆったりと頷いた。

その後は何がどうなったのかわからないうちに、気づけば卯野は武井家を出、お蔦の隣を歩いていた。話を聞きつけた花絵が、卯野ばかりずるい自分も行くと騒いだのだが千鶴にやんわりとたしなめられ、ぷいと奥へ消えてしまった。

八丁堀の組屋敷を抜け楓川へ向かい、新場橋を渡る。どこへ行くのか訊ねようにも、お蔦は無言のままで隙がない。あの重そうな道具箱を手に、きびきびと歩いてゆくのだ。卯野は、ついて行くだけで精いっぱいだった。

辿り着いたのは、日本橋呉服町の、とある店の前である。

紺地の暖簾に白く染め抜かれた屋号は、村井屋。呉服町というだけに呉服屋、太物屋（ふとものや）、足袋屋などが並ぶ中にある、旨い羊羹（ようかん）を作る菓子屋だ。小豆の味が濃く、甘みがほどよいのがいいと、近ごろ人気であるという。

村井屋、と見ると卯野の足は止まった。思わずお蔦の横顔を見つめる。

「今日一番の仕事は、村井屋のお嬢さんの髪結いです」

「ここは……」

日本橋呉服町の菓子屋、村井屋。

その名は、忘れようにも忘れられない。周太郎が腹を切るきっかけになった、あの小火騒ぎが起きた店であるからだ。

「さ、まいりましょう」

お蔦は、路地から裏へ回り込み、勝手口に向かった。

この辺りに火がついたのである。お蔦のあとをついて行こうとしても、やはりどうしても体がこわばる。まさか、ここに来ることがあるとは思ってもいなかった。

「どうなさいました」

お蔦が振り向いた。

「村井屋さんにお邪魔するのは気が進みませんか」

お蔦は、卯野がためらう理由を見抜いた上で訊ねている。このままひとりで武井家に戻りますか、私の仕事を見なくてもよろしいのなら——言外でそう問うてもいるように、卯野は受け止めた。束の間、ぎゅっとまぶたを閉じはしたものの、

「いいえ」

しっかりと、卯野は顔を上げた。

ここがあの小火の現場。それを思うとやはり、兄を亡くした無念が胸によみがえる。涙も滲みそうになる。

それでも、お蔦の仕事をどうしても見たいという気持ちが勝った。泣かないようにと

真っすぐ前だけを見つめ、卯野は歩き出した。

ふたりは勝手口から村井屋の奥に上がり、娘のお晴の居間に通された。お晴は初めてお蔦に髪を結ってもらうのだと言い、嬉しくてたまらないのか、すっかり舞い上がっている。十七歳の、陽気でおしゃべりな娘だ。婿取りが決まったばかりで、お相手は幼なじみの、近所の足袋問屋の三男。子どものころからの仲だといい、どれほどいい男か、どれほどやさしいか、どれほどお晴を思ってくれているか、などなど惚気話が延々、続いたが、聞いているとこちらも胸があたたかくなるような幸せな話ばかりである。

卯野は、仕事をするお蔦の背越しに鏡の中を見ていた。

手際よく、お晴の髪が結われてゆく。

「上方の娘さんふうにしてみましょうか」

「上方の……、では江戸の流行りからは浮いてしまわないかしら」

「あら、皆とおなじではつまらないでしょう」

「そうねえ。それに、お蔦さんに結ってもらったと言えばみんなが真似するかもしれないわ」

といったやりとりのあと、お蔦が結ったのは、おしどり髷である。婚約中の娘が、よく結うものなのだそうだ。前髪を、髷の上にかけ後ろに垂らしてある。

初めて見る髪型だ。卯野は身を乗り出した。あの前髪はどのように留められるのだろうと興味津々、お蔦の手を見つめていると、銀色の水引で、鹿の子にしっかりと結わえられてゆく。

なるほど、と頷きながら、卯野はお晴の背後に、にじり寄った。お蔦の手もとを、もっとよく見たいと思ったのだ。お晴が、ちらりと卯野の姿を捉えた。不審なものを見る目だった。

「この子のことは、気になさらないでくださいまし」

お蔦が、さらりと言った。

「この娘さんは、どなたでしょう」

「そうですねえ、あたしの弟子とでも言っておきましょうかね」

からりと笑い、その後も、卯野があちらからこちらからと勝手にのぞき込んでいても、邪魔にはしない。

お晴も卯野がいることにすっかり慣れて、またにぎやかになった。

「お蔦さんに結ってもらえるなんて夢みたいだわ」

自分のようなどこにでもいる少女の髪をお蔦が結う気になってくれるはずがないとは思いつつ、今まで何度も頼んでみた。武井千鶴が村井屋をよく訪れる客であるため、千鶴を通してみたこともあったのに、やはり断られてばかりだった。

ところが今回、願いが叶(かな)ったのだ。

「なぜでしょう」

不思議そうにお晴が訊ねると、

「先日の災難へのお見舞いということでしょうか」

お蔦は、淡い笑いをくちびるに含ませた。お晴は、鏡越しにお蔦を見た。

「先日の災難——、ああ、小火騒ぎのことですね」

「そうですねえ、お見舞いといえばそうでもあるし、それだけではないし」

なにやら意味ありげなことをさらりと言いながら、お蔦は髷に手を添え出来栄えを確かめるように目をすがめた。

卯野は思わず身を縮めていた。周太郎の名が出てきたらどうしよう。

ところが、話は意外なほうへと進んだ。

「ねえ、お蔦さんはご存知かしら。つけ火をしたのはお侍ということになっているけれど、どうやら、そうではないらしいのよ」

お晴が、自分の知る噂話を披露したのだ。

あのお侍はどうやら罪をなすりつけられたらしい、けれどもお上は自分たちの裁きが間違っていたと認めることが出来ず、お侍に切腹させてうやむやにしてしまったらしい——。

「おやまあ、そういうことだったんですか」

お蔦は、どこか大仰にも思える声を上げて応じた。

周太郎の件について、お蔦が何をどこまで知っているのかはわからない。

「そうなのよ」

神妙な様子で、お晴は重い息を吐いた。

「村井屋さんとしては、本当に火をつけたのが誰なのかわからないのではお困りでしょう」

というお蔦の気づかいに、

「村井屋に恨みを持つ者が、近ごろ続いている小火騒ぎに見せかけただけということもあるかもしれないと、お父っつぁんが案じていました」

お晴は頷いたものの、そのあとなぜか落ち着かなげに揺れる目を背後に向けて、鏡越しでなくお蔦を見上げた。

「でもね、私」

声をひそめる。

「あの日、見たんです」

「何を、ですか」

「お侍」

お蔦の手が止まった。

「まさか、切腹したらしいお侍を見たなんておっしゃいませんよね」

「いやだ、私、そのお侍のお顔なんて知りませんよ」

「だったら誰を見たんです」

「知らない。でもお侍がいた」

「どこに」

「シロが——うちの猫なんですけど、あの日の午後は暖かかったものだから、縁側で遊んでやっていたらシロが突然、駆け出していったんです。追いかけたら勝手口から外に出ようとしていて、ようやく掬い上げて捕まえたところで、見たんです」

「それは火が上がる前、それとも後」

「前ですよ。あのお侍はなんだったのかしら。まさか——」

お晴は、さらに声をひそめた。

「切腹したお侍が実は本当に火をつけていた、なんてこともあるのかしら」

お蔦が何か言う前に、たまらず卯野は割り込んだ。

「まさか。そんなことはあり得ません」

「え」

お晴は戸惑い、まるく大きく見開かれた目を卯野に向けた。

「お卯野さん、あなたは黙っていらっしゃい」

お蔦が、ぴしりと卯野をたしなめる。

「物騒な話は終わりにしましょう。さ、これで仕上がりですよ」

お蔦はお晴に手鏡を渡した。合わせ鏡にし、髷の様子を示してみせる。

「もうすぐお嫁さまにおなりなのですから、すこし大人らしく、丸みをなくしてみましたよ。いかがでしょう」

たちまち、お晴は鏡の中に見えるものに夢中になった。

仕方なく黙ったものの、お晴が見たというお侍についてもっと訊ねてみたい。

じりじり、悶々とする卯野の耳に、お晴の歓声が飛び込んできた。

「まあ、きれい」

お晴は手鏡の角度を変えつつ、右から左からと、結ってもらった髪の様子を確かめている。

卯野もつい、鏡をのぞき込んでしまった。見事な仕上がりに、すぐに引き込まれて「きれい」と呟く。

お蔦が結ったおしどり髷は、結綿(ゆいわた)をすこし変えただけの髪型だった。前髪を他とまとめず後ろに垂らしてあるのが、違いである。

卯野は身を乗り出し、前髪の様子をまたじっくりと見た。それから全体を見、さらにはお晴の前にまわってもみた。

お晴の見たお侍のことは、いつの間にか忘れてしまっている。

「ありがとうございました」

お晴がはしゃいだ声を上げ、お代のやりとりがあり、後かたづけがあり、気づけば卯野はお蔦のあとについて村井屋を辞していた。

村井屋のある呉服町から日本橋通のにぎわいを抜け、楓川を渡る。

「私、おしどり髷は初めて見ました。上方の流行りについては、まったく知らないんです」

「流行りというか、珍しいもんじゃありませんよ、おしどりは」

「お蔦さん、上方にいらっしゃったことがおありですか」

「いいえ、一度も」

「では、お知り合いが」

「いいえ、ひとりも。ただ、雛形（ひながた）を取り寄せましてね。見よう見まねです」

「そんなものがあるのですか。くわしいものですか。見れば私でも結えるのかしら。髷のかたちだけですか、髪飾りなんかのことも書かれていたりするのかしら」

卯野の口は止まらない。

武家屋敷の塀が続く、静けさに包まれた界隈に差しかかっても、お蔦を質問攻めにし続けていた。

質問が尽きると、お晴の髪結いについて話は飛ぶ。

「お晴さんの髪は、太くてしっかりしているのに量が少ないですよね。あれはまとめやすそうに見えましたけど、どうなんでしょう。私、細くて強くて真っすぐな髪が苦手なんです。手の中から、するする逃げてしまう。お花の稽古で一緒だったお友だちの髪が、そんなふうだったんです。何度か結わせてもらったけれど、一度もうまくまとめられなかったわ。でも、つやつやとして本当にきれいな髪だった。触れているだけで幸せになれるから、結わせて結わせてと、よくおねだりをしたものです」

そんな調子が続くうち、しまいにお蔦は返事をしなくなり、卯野に頷くだけになってしまった。

八丁堀の組屋敷の、木戸を通るころには卯野も、これはさすがに無礼が過ぎたかと反省し、お蔦を横目で見上げつつ頭を下げた。

「ごめんなさい、私、ひとりでしゃべり過ぎですね」

「いいえ」

口もとでだけ、お蔦は微笑む。目も頬も厳しく引き締められたままであり、どことなく冷たい笑みに見えてしまう。

やはり、うんざりさせてしまったのに違いない。卯野は、そのまま黙り込んだ。口を閉じはしたものの頭の中では、今日、見せてもらうことの出来たお蔦の仕事ぶりの、はじめから最後までを繰り返し辿っている。

そのうちに、お晴が見たというお侍の話を思い出した。

周太郎ではあるまい。お晴が見たのは火が上がる前のことであって、周太郎が村井屋に駆けつけたのはそののち。

では誰なのだろう。

もちろん、小火とはまるで関係のない男である可能性も高い。が、周太郎は誰かに罪を着せられたのではないかというあの噂が、やはりどうしても気にかかる。もしや、お晴が見たというお侍は、周太郎を陥れた人物なのでは——。

すっかり物おもいに沈んでいた卯野の耳に、ふいに、お蔦の声が届いた。

「女髪結いに」

と、言った。

「え」

思わず目を上げると、お蔦は気難しい顔をして真っすぐ前を睨んでいる。

武井家までは、もうすぐ。お蔦はこのあと、千鶴の髪を結う約束があるのだといい、卯野と共に武井家へ戻ることになっていた。

「あたし、思うんですけどね。武井家でお世話になっているのも悪いことではないけれど、お嬢さん、髪結いの仕事をしてみたらどうでしょうかね」

お晴がお侍を見たという話など、頭の中から吹き飛んだ。

三　ゆめ結び

一

梅雨が明けた。

武井家では虫干しのための、よき日が選ばれた。

蔵から伝来の甲冑や骨董、書架や書物などが運び出され、屋敷内の風通しのよいところに並べられる。簞笥の抽斗が開かれ、衣類もすべて取り出される。蔵にしまわれた行李からも古い衣類あれこれが見つかった。

女たちは、座敷のあちこちにくふうして縄を渡し、その衣類を掛けた。ひらひらと、あざやかに、たくさんのきれいな布がはためいている。その様子は、とてもきれいだ。

卯野の大好きな、きれい。

『お嬢さん、髪結いの仕事をしてみたらどうでしょうかね』

お蔦の言葉を、あれから何度も思い出しては噛みしめた。

髪結いは好きだ。自分をきれいにするのも、他の誰かをきれいにするのも大好きなのだ。

『こう言っちゃなんですが、お嬢さん、今のまんまじゃなんだか半端すぎやしませんか。武家の身分は捨てたのだとおっしゃいますが、今のお嬢さんは、では町の者になったんでしょうか。いいえ、武家の奉公人でいらっしゃるんですから、あたしたちみたいな長屋住まいとは違いますでしょうけどね。あたしの目には、浅岡家のお嬢さんだったころと今のお嬢さんとは、なにも変わらないように見えてしまう』

そこで卯野は反論しようとしたのだが、

『いえいえ』

なめらかに封じられた。

『浅岡のお嬢さんだったころの毎日は、お稽古ごとや縫いもの、ちょっとした台所仕事などの家事で暮れるものでしたでしょう。それと今と、どれほどの違いがありますか』

問われたのを幸い、ふたたびの反論を試みるのだが、ふんふんと頷きながら流された。

『ええ、わかりますよ。昔のあれは、武家のお嬢さんのたしなみを身につけるための家事。けれども今は違う、奉公人として忙しく働いて日々の糧を得るための仕事、以前とは大違いだとおっしゃりたいのでしょう。でもねえ、本当に違うのかしら。誰のため、なんのためであるのかが違うだけで、していることはおなじでしょう』

確かに、お蔦の言うその通りだ。

武井家で、卯野は、料理をしたり掃除をしたり等のちょっとした家事をする合間に、奥方のお美津にみてもらいながら花を生けたりもする。ときには琴をみてもらうこともあり、これでは、浅岡家のお嬢さんだったころの暮らしと変わらないと言われても仕方ない。

卯野は、反論する気をなくしてしまった。

『非難しているわけじゃないんですよ。むしろ、お嬢さんは今のままでいたほうが幸せでいられるのかもしれない。武井さまが後ろ盾になってくださっているんですからね。よい嫁入り先が見つかるのも、きっと遠いことじゃない。今のまま、武家のお嬢さん気分のまま、のんびり生きてゆかれることでしょう。でも、お嬢さんには髪結いがある』

お蔦は、にやりと笑った。

『髪結いがお好き、そしてお上手』

さらに、こうも続けたのだ。

『村井屋さんから逃げ出すよりあたしの仕事を見たいと思ってくださるくらい、髪結いがお好きでしょう』

卯野は目を見張り、息を呑んだ。もしや――、

『ええ、わざとですよ、村井屋さんにお嬢さんをお連れしたのは』

卯野が抱いた疑惑に、あっさりとお蔦は頷いた。

『お嬢さんの髪結い好きがどれほどのものかを確かめたかった。あたしが思っているほどでなかったら、気安く勧めたりは出来ませんからね』

ではお蔦は、そうしてもいいと思えるほどの何かを卯野の中に見たというのだろうか。訊ねても、いわく有りげに微笑むだけだ。

『ねえお嬢さん、あなたは何をしたいのですか』

最後に、お蔦は問うてきた。

答えられずにいる卯野にはかまわず、きびきびと歩きつづけた。

何をしたいのか。

もちろん、卯野は髪結いをしたい。その気持ちだけはすぐにでも口にできる。しかし、髪結いを仕事にしたいのかと自分自身に問うてみると、ためらいや戦きが身の内に湧いてくるのだ。

「ねえ、私は何をすればいいの」

ふいに耳元で大きな声が弾け、卯野は飛び上がらんばかりに驚いた。

ああそうだ虫干しの最中だったと思い出しながら、その声の主を振り向く。

花絵である。寝坊をしたのだそうで、今になってやっと姿を現したのだった。

卯野が葛籠から衣装を出し、花絵が縄に掛けてゆくことになった。花絵は早速、広げた衣装に足を取られて躓いたりなどし、不器用な姿をさらしている。

割模様の小袖が出てきた。

「あらきれい」

花絵が、感嘆の声を上げた。

腰のところで、帯で分かたれる上にも下にも、華麗な模様が描かれているものだ。袖から腰の辺りまでは桜を描いた扇。腰から裾へは、若葉。薄紅と萌黄が互いをひきたて、あざやか。

格之進の母か祖母の持ちものだろうか。おそらく、江戸の町がぐんぐんと伸び栄え、人びとの暮らしも華やか、豪奢であった時代の衣装だろう。

しかしそののち相次ぐ天災のため農村の畑では不作が続き、それが飢饉を呼び、幕府や諸藩の財政の悪化を招いた。当時の経済の基は、農村から納められる年貢にあったからである。

幕府は、まずは身近なところからの倹約を始めよと、取り締まりを始めた。贅沢が極まりつつあった着るものがその的になったのはもちろんのことである。

質素に、なるべく質素にと言い聞かされたため、今、卯野の手にある小袖のような美しいものは遅れたものとなっていった。結果、当世の流行りは裾模様や小紋、縞など見た目に地味なものばかりである。

が、江戸の人びとは質素の中にもきれいを見出したのだ。

たとえば色など。鼠や茶、紺、一見して地味ではあっても、驚くほどたくさん、微妙に違う色がある。暮らしや自然の中から生み出された美だ。地味な色や模様などからも粋な美しさを生み出し、皆がそれを楽しんでいる。小紋のちいさな柄も、職人の絶妙な技があってこそ、整然と美しく並べられて染め上がるのだと聞く。

卯野も、今様の粋は大好きだ。でも、昔の派手な美しさにも惹かれる。

この衣装をまとった女の姿を思い描いた。どんなふうに髪を結い、どんな飾りを添えたらもっときれいになるだろう。

膝に広げた小袖にそっと、てのひらをすべらせて愛でる。

「お卯野さん、手が止まっていますよ」

お留の叱責が響いたとき、座敷の空気が華やぎ、にぎやかに、わっと湧いた。

虎之介が現れたのだ。

「風が通るうちに並べないと終わらねぇぞ。腹が減っても、夜まで何を食う間もなくなるぞ」

卯野を厳しく怒ったばかりのお留が、簡単に顔をやわらげた。

「まあ、若さま。蔵から持ち出すものは終わりましたか」

「うん。力仕事は終わったよ。俺には、それしか出来ねぇからなあ」

にっと笑う。

そこへ、ひとりの少年が飛び込んできた。大げさに床を鳴らしながらやんちゃに走り、飛びつかんばかりに虎之介のそばへと向かう。

「おやまあ、若ぎみさま、お廊下をそんなふうに走っては。危のうございますよ」

お留は今度は、おろおろと心配げな声を上げているのだがそれには目もくれず、

「ただいま戻りました、兄上」

楽しげに輝くまなざしで虎之介を見上げた。

少年は名を新太郎(しんたろう)といい、今年、九つになる。武井家当主夫妻の実子で、かつて後継であった養子の虎之介に代わり、今はこの新太郎が武井家の後継である。

新太郎は、素読の稽古から戻って来たところであった。虎之介はおとうとの頭を撫(な)でまわし、今日は何を学んできたのかと訊ね、諳(そら)んじさせた。賢さの滲(にじ)み出た、歯切れのよい声で、女たちもつい手を止めて聞き入った。

「うん、良し。すげえなあ、おまえは」

笑う兄に、おとうとは喜ぶ。

「本当に、仲よしの兄弟ねえ」

ぽつりと、花絵が呟いた。

花絵は葛籠に入れた手を止め、兄弟を見ていた。

「うらやましい。あのふたりを見ていると、生みの親が誰かなんてどうでもいいことなんだって思えるね」

しみじみと言い、卯野に微笑みかけるその様子は、どうにも花絵に似つかわしくない。

戸惑う卯野の頭の上に、虎之介の声が落ちてきた。

「おい卯野、手が止まっているぞ」

膝の上の小袖を慌てて畳み始めながら、背後を見上げる。

「ふうん、なるほど、おまえの好きそうな〝きれいなもの〟だ」

虎之介は、小袖をのぞき込みながら言った。

「そういえば、お蔦の仕事に連れて行ってもらったそうだな」

「はい」

ふむ、と虎之介も頷いた。あとは何を言うでもなく、ふらりと離れてゆく。お留に声をかけ、

「九谷の大皿はどうすればいい。何枚も何枚も出てきたんだ。あれはなんだ」

蔵から出してそのままにしてあるという什器の話をしながら、行ってしまった。新太郎も、すぐに戻って兄を手伝うと元気に告げながら、着替えをしに走っていった。

八丁堀の娘たちの噂話が伝えるところによると、虎之介の毎日は随分ときらびやかなようだが、卯野が目にする現実は、なんとも地味なものでしかない。道場へ出向く以外は屋敷にいて、自分の居間で書物に向かっているか、刀の手入れをしているか、屋敷の女たちを笑わせているか。

卯野の兄・周太郎の生前の暮らしとはまったく違う。周太郎は毎日、町奉行所に出仕し、幕府や江戸の町のためにと忙しくしていた。

『いいえ、お兄さまだって、のんきに過ごしているだけではないのですよ』

千鶴が以前、虎之介を庇って言った。

『剣の腕だけでなく学問にも秀でていらっしゃるのは、卯野さまもご存知でしょう。昌平坂の学問所の聴講に通って、儒学を修めて』

国学の師の私塾にも通い、さらには長崎で外国について見聞を広げてきた者の話を聞きに行くこともある。

『でも』

千鶴は困り顔で笑い、ため息をついた。

『あれもこれもと欲ばっているだけにも見えるわねえ。それもまあ、悪いことではないのでしょうけれど』

興味の翼を広げはしても、どこかひとつところへ向けて飛び立つというわけではない。毎日を、ただ好き勝手に過ごしているだけのようなのが、勿体なく思われて仕方ない――と、千鶴は言うのだった。

『お兄さまが一番にしたいことは、なんなのかしら』

早くに浅岡家を継いだ周太郎と、自称・次男坊の虎之介とを単純に比べて見てはいけないのだとは、卯野ももちろんわかっている。が、千鶴の言う〝勿体ない〟に、つい頷いてしまうのだ。虎之介になら、幕府や江戸の町のために、周太郎とおなじ働きが出来るだろうに。

武家に生まれた男子の多くは、後継の嫡男以外、無役のまま飼い殺しの一生を送るしかないのが恨めしい。

『婿養子にというお話も、もちろんたくさんあるのですけれど』

虎之介自身が、どの話にも乗らない。

『なぜなのでしょう』

卯野が訊ねても、千鶴は首を振るだけだった。

『わかりません。何か理由があったとしても、おっしゃらないの、お兄さまは』

『そもそも、虎之介さまはなぜ新太郎さまに後継の座を譲ったのでしょう』

『それも私にはわかりません』

千鶴は、また首を振った。

虎之介と新太郎。

ふたりをめぐる武井家の事情には少々、複雑なものがあった。

実は、武井本家の血筋を持つのは新太郎ではなく虎之介である。

虎之介の祖父の代でも、本家に子どもが生まれず、やむなく親類から養子をとることとなった。それが、今の武井家の当主・格之進。

ところが間もなく、本家に男子が生まれてしまったのだ。虎之介の実父である。

しかし当時、格之進はすでに奉行所に見習いとして出仕していたため、親戚一同の話し合いの結果、格之進をそのまま後継とすることが決まったのだった。

虎之介の実父はのちに婿養子として他家に入り、その次男として虎之介が生まれる。

一方、格之進夫妻はなかなか子に恵まれずにいたため、早々と、虎之介を養子に迎えてはどうかという話が持ち上がった。格之進自身、夫婦ともにまだ、後継をあきらめるには若すぎたにもかかわらず、

『わたしは一代かぎりの家長でありたい。のちのことは虎之介に継がせ、武井の血筋を元に戻すべきなのではないでしょうか』

などと言う。とにかく律儀な男なのである。

そうして虎之介は、格之進夫妻の子となった。

ほどなく娘の千鶴が生まれたが、女子だからと問題にはならなかった。しかし、のちに男子までも生まれてしまったのには誰もが慌てた。

そのとき虎之介は十三。当時から聡明な子で、

『ではわたしは、今日から〝冷や飯食いの次男坊〟というわけですね』

と笑ったのだそうだ。過去はともかく、今の武井家は格之進を当主とする家である、ならば、その血筋が正当なもの、養子の自分ではなく実子が跡を継ぐのが当然のこと――と。

武井家の後継は新太郎だと、誰に決められるでもなく虎之介自身が宣言したのだ。

その後も虎之介は武井家に残り、のんびりと生きている。

わかりやすい男と見えて、実はよくわからないところをいくつも抱えている男だ。

卯野はつい、あの井戸端で吉之丞が喚いたとんでもない言葉を思い出してしまうことがある。

『ふだん、表面つらは親にも弟にもいい顔をしている分、どうしようもない苛立ちを腹に溜めているのさ』

吉之丞は暗に、虎之介には裏の顔があるのだと告げていた。

もちろん卯野は今も、あれは吉之丞のくだらない戯言だと笑い飛ばす。

が、虎之介が腹に溜めている、誰にも見せない何かというものは実際、あるのではな

いか。

そんな気も、してくるのである。

このところ、おもい煩うことが多すぎる。

卯野は知らず、大きなため息をついていた。途端、何も掴(つか)んでいない箸を口もとにあてがっていたことに気づいて驚き、

「心ここにあらずという様子ですね」

母の八重が苦笑した。

母娘、ふたりきりの夜の膳である。朝一番に炊いて今は冷たくなった飯に茶をかけてやわらかくしたもの、べったら漬と梅干しのみ。兄がいて、幕府御家人の家の者として過ごしていたころ、特に義姉の千世がいたころにはあれこれ、くふうをした料理が膳にのっていた。が、今は母娘ふたりだけなのだしと、さりげない食べものが並ぶ。

てれ笑いを浮かべ、卯野は漬物に箸をつけた。

「武井さまのお屋敷で、何か困ったことでもありましたか。ほら、あの叶屋さんの娘さんのこととか」

花絵について、八重に、愚痴や批判まじりの話をしたことが幾度かあったのを卯野は思い出した。

「いえ」

笑って首を振る。

近ごろの卯野は、花絵のことを、いけすかない娘だなどとは思えなくなってきている。大きな口を叩くのに、実は不器用。で、ありながらも仕事は真面目にこなそうとする。その姿に、ついついほだされつつある。

「それだけではないのです」

髪を結わせてもらって以来、花絵を見る卯野の目は大きく変わった。どんなときでもきれいでありたい──花絵の願いが、いとおしい。そう願うひとの髪に触れ、結わせてもらえたなら、卯野はとても幸せな気持ちになれる。

熱心に語る卯野に、八重はまた苦笑を見せた。

「髪結いのことはわかりましたよ。それで、花絵さんでないのなら何が気になっているのです」

問われて卯野は、口を閉じた。

胸にあるもやもやとしたものを、まだ、しっかりとした言葉で説明することは出来ない。

「もう少し待ってください。お母さまに聞いていただくには、もう少し時間が欲しいのです」

「そうですか」

頷いただけで、八重はその話を終わらせ、武井家の虫干しはどうだったのかと訊ねてきた。

「きれいな小袖を見つけました」

これもまた熱心に語りながら、昨年の今ごろは浅岡家でも蔵を開けて虫干しをしたのだったと、卯野は思い出していた。

あの日、風を通してまた大事にしまいこまれたもの、その、ほとんどすべてを母の八重は、骨董屋に売り払ってしまった。浅岡家の名残りや、父の衣類や残された形見などを、八重は売ったり捨てたり、気持ちがよいほどあざやかに始末をつけたのだ。

なぜ八重は、浅岡家を終わらせると決めたのか。その理由を卯野はいまだ、聞いていない。

日本橋南の本材木町三丁目で小火騒ぎが起こったのは、武井家の虫干しから三日後のこと。

「通り沿いの寺子屋の前の竹垣が燃えましてね。隣の蕎麦屋にも移ったものの、端っこが少し焼けただけで済んだのだそうです」

と、卯野に教えてくれたのはお留だ。

卯野は奥の寝間の畳を拭いていた。ぼんやりと、また髪結いのことを考えていたのに、火事という言葉は耳に真っすぐ飛び込んでくる。

近ごろ、日本橋より南の辺りで不自然なほどよく火の手が上がる。路地を入ったところのお稲荷(いなり)さんの垣根が燃えた、隣り合う家の境の塀が燃えたといった具合の、ちいさな火ばかりのため、すべて大事に至る前に消し止められているという。

思い出すのはやはり、あの村井屋の小火騒ぎ。周太郎は何者かに陥れられただけなのかもしれない、だとしたら、どこかに真の火つけ犯がいるのかもしれない――こうも小火が続くと、あの噂もあり得る話と思われてくる。村井屋のお晴が見たという侍も気になる。

手を止めて考え込む卯野の様子に、お留は気づかず、どこからか聞き込んできた火事の話を延々、続けている。

そこへ、出かけていた先から戻った虎之介がふらりと顔を出した。

「あら、若さま」

卯野もそちらへ目をやった。どこから戻ったところなのか、袴(はかま)はつけず着流しの姿である。

「おかえりなさいませ」

お留が声をかけるのに、卯野も合わせた。

お留は続けて訊ねた。

「吉之丞さまのお具合は、いかがでしたか」

吉之丞が病に臥せっていると聞き、見舞いに出かけていたらしい。

ふたりは、卯野が飯島家の井戸端で出くわしたのちも、よく会っているようだ。虎之介の夜遊びの相手として吉之丞の名を、時折、卯野も耳にする。卯野にとっては不快な話であるし、このふたりがなぜ親しくなどしているのか、どちらの気持ちも量りかねる。

ともあれ、吉之丞の病など、どうせ仮病に違いないだろう。お留もそう思っているのか、いちおう訊ねはしたものの、虎之介の返事は適当に聞き流している。あとはそのまま火事の話を続け、虎之介にも自分が仕入れてきた噂話のあれこれをのんきに披露しようとした。

が、虎之介はそれを絶妙に遮った。

「花絵はいるかな」

不意をつかれ、まずは戸惑いを見せたものの、お留は、

「ここにはおりません。あら、どこにいるのかしら」

さがしてまいりましょう、と言い置き、小走りに出て行った。

「花絵は」

卯野にも訊ねてくるのに、

「存じません」

答えて、仕事を続けた。その様子を、虎之介は縁に立ったまま見ている。

「火事は、いやだな」

やがて、ぽつりと虎之介は言った。

卯野は、畳から目を上げなかった。

「火事の話なんざ、聞くのもいやだ」

「私もです」

見下ろす畳の目に向けて、卯野は呟く。

虎之介は卯野のそばに近づくと、腰を落とし、顔をのぞき込んできた。

「お留に悪気はねぇんだ。許してやってくれ」

お留に花絵をさがしに行かせたのは、卯野のためだったようだ。迂闊(うかつ)に火事の話を続けるお留の口を、閉ざしてくれたのだ。

卯野は虎之介を見上げた。

「ありがとうございます」

微笑んでみせると、虎之介も目もとを緩ませた。

「なあ、卯野」

「はい」

「おまえ、団子を食いたくねぇか」

突然なにを言い出すのかと驚き、卯野は目を見開いた。

「お団子、ですか」

「評判の、みたらし団子だ。千鶴とお蔦が、あれは旨いとうるさいほどに褒めるんだ。だったら一度、食いに行くかと思うんだが、おまえ、つきあえ」

卯野は笑った。

「どなたか、お友だちを誘ってみてはいかがでしょう」

吉之丞さまとか、と言ってしまいそうになったのだが厭味のようになりそうだと気づき、あやういところで飲み込んだ。

「俺と団子を食って喜ぶような友だちなどいないよ。周太郎が生きていたら、引っぱっていくところなんだが」

だから卯野を誘うのだ、と虎之介は続けた。卯野は周太郎の妹なのだから代わりをつとめろ、と。

明るい声で、なんでもないふうに、虎之介は周太郎の名を口にした。が、わざとらしさは消しようがなく、卯野の胸はせつなく疼く。

こみあげる涙を飲み込みながら、卯野は微笑んだ。

「私には、そんな暇はありませんよ」

「奉公人の身だからか」

「ここのお掃除が終わったら、お台所に参ります」

「何も今すぐとは言っておらん。そうだな、明日だ。明日、俺にはなんの予定もない」

「明日も、私は――」

「両国橋のたもとに出ている屋台の団子だ。おまえ、橋のたもとは好きだろう。橋を渡る女たちの後ろ姿を見るのが好きなんだろう」

お蔦に、その話をしたことがある。虎之介はお蔦から聞いたのだろう。

「両国橋の女たちの姿は、まだ見に行ったことがねぇのじゃないか」

「そぞろ歩きには遠すぎますもの」

「なに、舟で大川を上がっていけばすぐだよ」

畳を拭く卯野の手は、すっかり止まってしまっていた。

両国橋の界隈は、多くのひとが集まり常ににぎやかだ。毎年、五月終わりの川開きには花火が上がり、それが夏のはじまりの合図となる。橋の西詰には火除（ひよけ）のための広小路が設けられており、見世物小屋や茶屋、寿司や蕎麦、天ぷらなどの屋台も立ち並ぶ。当然、卯野の好きな〝きれい〟を纏（まと）う女たちも数多くやって来るというわけだ。

卯野の気持ちは、ぐらりと動いた。

「話は、俺がつけてやる。お留も文句は言わねえよ」

両国橋に集う〝きれい〟をぜひ、見に行きたい。そこに、みたらし団子までついてくるというのなら、なおさら惹かれるというものだ。

次の日、卯野は虎之介と共に大川を上る猪牙舟に乗っていた。船頭は虎之介とは馴染みのようで、ずっと軽口を叩きあっている。はじめ、虎之介が連れている女とあって胡散臭い目で見られたのだが、すぐ、

「妹みたいなもんだ」

と虎之介は言い、実は周太郎の妹なのだとも明かした。船頭の目があたたかくなった。周太郎も世話になったことのある男なのだろう。

あとは、男たちはどちらも卯野には構わない。吉原がどうの、深川の女がどうのと卯野は置き去りの話が続き、そうしながらも船頭は風と川の流れを読む。舟足が、どんどん速まってゆく。あまりの速さに驚いて、卯野は必死に舟べりにしがみついていた。

舟を降りてから、虎之介が照れたように笑った。

「女連れなら、屋形舟にするべきだったな」

猪牙舟は、とにかく早く目的の場所に着くために使う小舟で、客はひとりかふたり。吉原に通うのにも使われる粋な足だが、卯野のような女の子を連れて乗るものではないと、虎之介は今さらながらに気がついたようだった。

しかし、卯野はそれで気持ちが軽くなった。

きれいと旨い、ふたつに惹かれ、虎之介について来たものの、ふたりきりで出かけてきたのでは逢い引きに間違われはすまいか。軽率なふるまいだと、蔑みの目を向けられはすまいか。これも今さらながらではあるが、気にしていたのである。

しかし虎之介は、卯野にとっても子どものころからよく知る、兄のようなもの。周太郎に連れられて出かけてきたのだと思えばいいのだ。

気楽になった卯野は早速、足を止め、すれ違った女の後ろ姿に見とれて虎之介を呆れさせた。

「おい、団子の屋台はまだ先だぞ」

「虎之介さま、ねえ見て。髷にある赤い鹿の子が、大きな蝶のように結ばれているの。櫛は、あれは象牙かしら。きれいな白ねえ。櫛にも簪にも色がないから、あれだけ鹿の子が大きくても悪目立ちしない。髷の大きさや鬢の張り出し具合もちょうどいいのね。すべてがうまく収まっていて、可愛らしいわ。どんなひとだったかしら。私、走って戻って見てきます」

「いや待て。勝手に走れば迷子になるぞ」

虎之介の手が伸びて、肩を摑まれた。振り向き、不満を述べているうちに、赤い鹿の子の蝶々は人ごみのなかに消えてしまった。

ひどく残念がる卯野に、虎之介はさらに呆れて笑った。しかし、虎之介の言うとおり、この人ごみでは気をつけていないとすぐ迷子になってしまう。そののちは、あちらこちらへ興味津々の目をやりつつも、虎之介のかたわらから離れないように歩いた。

「ああ、あれだ」

やがて虎之介は立ち止まる。その指が示す先にあるのは、卯野が思っていたのとは少し違う団子屋だった。

確かに屋台だ。が、そのまわりを葦簾（よしず）で囲い、床几（しょうぎ）を置いて、ちょっとした茶屋のようである。

空いていた床几に、虎之介はどっかと腰を下ろした。すぐ、屋台の番をしていた娘が飛んできた。

「武井の若さまじゃありませんか」

若さま、と、虎之介は屋敷でもそう呼ばれている。新太郎は若ぎみさまで区別はつけられているのだが、どちらも同じだけの敬意が込められている。呼び分けを始めたのはお留であるという。お留にとっては何があっても変わらずに、どちらもおなじだけいとおしい武井家の子であり、どちらも武井の名を継ぐ若い世代の子であるのだろう。

若さま、は、屋敷の外でも虎之介の通称になっているようだ。

「千鶴さまがつい昨日、おいでくださいましたよ」

「団子を食いすぎて帰ったんじゃねえか。あいつは少し旨いものを控えるべきだよな。ほっぺたがふくふくし過ぎだ」

「とんでもない。千鶴さまがおいしいと言ってくださると、お菓子でもなんでも評判が上がるんです。もっともっと、いろんなおいしいものを召し上がっていただいて、その味を伝えてくださらなくちゃ」

「ふん」

どこか満足げに、虎之介は鼻を鳴らした。いもうとが褒められるのは、やはり嬉（うれ）しいことらしい。

一方の卯野は、娘の装いに目を奪われていた。

青みがかった若緑の小紋の小袖に、やはり若緑ではあるのだがこちらは黄みが混じった前垂れを合わせている。初夏らしく、さわやかな彩りだ。髪は島田。鬢の横への張り出しをおさえ、すっきりとまとめてある。働く女がきびきび動く様子によく合って、好ましい。

「もしや、お蔦さんのお客さまですか」

気づけば卯野は訊ねていた。

娘は戸惑いと驚きを顔に浮かべつつ、頷いた。

「ええ。お嬢さん、お蔦さんをご存知でいらっしゃいますか」

卯野は、お蔦の一番弟子だ」

虎之介が、にやにや笑いながら適当なことを言った。それでも娘は鵜呑みにし、卯野に尊敬のまなざしを向ける。

「まあまあ、お蔦さんの……。では、髪結いさんでいらっしゃいますか」

「いいえ、弟子だなんて虎之介さまの冗談ですよ。でも、私も髪結いをします。商いではありませんけど。誰かの髪をきれいに結うのが大好きです」

自然に、そんなふうに答えていた。

「へえ」

娘は、ただただ感心している。

しばらく、きれいなものの話に花が咲いた。

娘は、ここは父親とふたりで営む団子の屋台ではあるが、水茶屋のように団子を売るだけではない店にしたいのだと言い、そのために自分が水茶屋の看板娘のようにきれいに艶やかに装うことで評判を取りたいと、お蔦に髪結いを頼むことになったのだという。

「はじめは断られましたけどね」

娘は、からりと笑った。

それでもしつこく頼むうち、まずは千鶴がこの店の団子を気に入り、客を選ぶので有名なお蔦もやがて、商いに賭ける娘の気持ちにほだされていったということのようだ。

娘も、卯野とおなじくきれいなものが好きだった。

「お嬢さんはご存知ですか。吉原の遊女は、金蒔絵の鏡台を持っているのですって。そんな贅沢な鏡に映れば、あたしももっときれいに見えるのではないかしらねえ」

「お道具がよければきれいになれるというものではないでしょう」

「ねえ、お嬢さんから見て、あたしがもっときれいになってこの店に客を呼べるようにするにはどうすればいいのかしらね」

卯野は娘の様子をしげしげとながめた。

長い間、見つめつづけて最後に唸る。

「今のままで充分ですよ。充分に、看板娘さんだわ」

「あらそうですか」

「だって、お蔦さんがきれいにしてくださったのでしょう」

それが理由のすべてだった。が、もの足りない気持ちが残る。もっともっときれいに、と卯野にもくふう出来る隙が、娘の髪にあればいいのに。しかし、お蔦の髪結いは、やはり完璧なのであった。

娘は満足げに微笑み、卯野と虎之介に、

「みたらしとお茶でようございますか」

訊ねながら屋台に戻る。

団子は間もなく運ばれてきた。焼き具合がなんともいえず香ばしい。タレは醤油が際立ち、さらりとしている。

「おいしい」

卯野は唸った。

「お団子自体がほの甘いのね。そこにお醤油がうまく絡んでいる。おいしい。さすが、千鶴さま御贔屓のお団子ですね。連れてきていただけてよかった」

はしゃぐ卯野を、虎之介は目を細めて見つめた。

ふたりはその後、のんびりと団子を楽しみながら人ごみにまなざしを向けた。

虎之介は見事な手妻を披露する芸人の扇子使いに目を見張り、卯野はその芸を楽しむ娘たちの装いに夢中だ。

「おまえ、手妻は見ていないいな」

団子の串を持ったまま動かない卯野を見、虎之介は笑った。

「何を見ている」

「あの娘さん」

後ろ姿のひとつを、そこから目を離さないまま指さす。

黒繻子と緋鹿の子の昼夜帯。襟からのぞく襲も緋なのだが色が合わせてあるだけで柄は違う。黒と紅が引き立てあうあざやかさが、とてもきれい。

「でも、手絡が」

丸髷に掛けた鹿の子は桃色なのだ。

「そこだけ幼げにしているのは、なぜなのかしら」

食い入るように、卯野は娘の髷に見入る。その手にある団子からタレが滴りそうになり、あやういところで虎之介が串を取り上げた。

「おまえは本当にきれいなものが好きなんだな」

「はい」

団子を目で追うようにしながら頷いた。

「お蔦から話があっただろう」

「え」

戸惑いの声を上げ、虎之介を見上げる。

「髪結いを商いにしてみないかと、話をされただろう」

「ご存知だったんですか」

「うん」

虎之介は、もうタレをこぼすことはないだろうと、団子を返してくれた。

卯野は急いで、串に残った団子を頬ばる。

「ずっと悩んでいただろう。花絵が心配していた」

「花絵さんもご存知なんですか」

「いや、花絵は何も知らん。ただ、卯野の様子がおかしいと心配していた」

「そうですか」

胸が、ぽっとあたたかくなった。花絵が卯野に直接、やさしさを示すことはない。それでも見てくれていたのかと思うと、とても嬉しい。

「あまのじゃくな奴だからな」

虎之介は笑い、卯野も頷きながら笑った。

「で、どう思う」

問われても、まだ答えられない。

「でも、好きなんだろう、きれいなものも髪結いも」

「はい。でも今はまだ、好きという自分の気持ちしかわからない。好きだから、なんなのだろう。きれいなものが好き、髪結いが好き、それは何につながってゆくのだろう。私は何をしたいのだろう。私の髪結いは、お母さまとふたりの今の暮らしを支えてゆけるほどのものかしら。そう思うと怖いです。このまま武井の奥方さまのお世話になっているほうが、私たち母娘は幸せなのかもしれない」

手妻師を囲む人びとから、ふいに歓声が上がった。手妻師が切り出した紙の蝶が一匹、扇子に煽られ華麗に舞いはじめたのだ。

そちらへ目をやりながら何気なく、卯野は虎之介に訊ねた。

「虎之介さまは、どう思われますか。虎之介さまには、何かなさりたいことがおありですか」

口にしたあと思い出す。これは、千鶴が憂えていたことだ。虎之介が一番にしたいことはなんなのか——と。

「もちろん、虎之介さまにお好きなことがたくさんあるのは存じております。その中で一番はなに」

そのように付け足してみる。

答えを聞きたい。卯野は息を詰めて待った。

が、しばらくの間のあと、虎之介は自嘲気味にくちびるを歪(ゆが)めるのだった。

「わかんねぇな。一番はなんなのか、と問われると、わからん。でも」

卯野を、やさしく見つめた。

「おまえは何が一番好きなのかを知っている」

「はい」

「おまえは髪結いが好きなんだ」

「はい」

「だったら細けぇことなんぞ考えるな。悩むな。とりあえず進んでみろ、やってみろ。

俺たちが見ていてやる。結果、ひどく転んで怪我を負ったとしても、その怪我をどう癒すかはそのときにまた考えればいい。思いきってやってみろ」

その声が、亡き兄・周太郎のもののように思えた。

「やってみなくちゃ始まらねぇよな」

「はい」

「ほら、団子がまだ残っている。食え」

皿から串を取り上げて、卯野の手に押しつけた。泣き笑いで、団子を頬ばる。

手妻師が操る蝶は、いつの間にやらたくさんに増え、入り乱れながら舞い踊る。卯野も、つい見入ってしまった。

「きれい、きれいね」

夢中で拍手を送っていると、虎之介がふと呟く。

「何が一番かが、わかればいいんだ。わかんねぇときが最悪なんだな」

あとから思うと夢だったようにも思われる、ちいさなちいさな呟きだった。

二

七月に入り、江戸の人びとは町の者も武家の者も共に皆、盂蘭盆会を迎える支度に忙しい。

迎え火、送り火で焚(た)く麻幹(おがら)を、

「おがらー、おがらー」

と売り歩く声が通りに響く。

それと重なり、青竹売りの声も聞こえてくる。こちらは、盆棚を作るのに使うものだ。青竹を四方に立てた中に真菰(まこも)を敷き、先祖の位牌を安置する。七月十二日には、麻幹や青竹、その他、菰で作られた牛や馬、蓮の葉、盆燈籠(ぼんとうろう)などを売る市が立つ。

せわしく過ぎる中にも亡きひとを慕い懐かしむ、あたたかいものが江戸を包む、どこか不思議な日々である。

そんなある朝、武井家に向かうべく住まいを出たところで若い女の叫び声を聞き、卯野は肝を冷やした。

蟬時雨(せみしぐれ)が、すでに濃く降りそそいでいた。前夜からよどむ空気は重くて暑い。吹く風はさわやかなのだが、それは早朝だからというだけですぐ、じめじめと湿っけてくるに違いない。

花絵の愚痴がすごいだろうと想像し、それを聞いてあげながらもうまくかわすにはどうすべきかと、卯野は楽しく考えていた。

そこへ、蟬時雨を切り裂くような悲鳴である。

立ち止まり、おそるおそる振り向くと、飯島家の女中に絡んで困らせている吉之丞の姿が見えた。

朝っぱらなのに吉之丞は、酔っているようだ。おぼつかない足取りで、池の端を逃げまどう女中を追いかけ、耳を覆いたくなるような下衆な言葉を喚いている。

駒が走り出てきた。

「いけません、だめですよ」

厳しく諌めようとするのだが、吉之丞は立ち止まり甲高い笑い声を上げるだけで母親を振り向きもしない。

やがて、渋い顔の治三郎が現れた。

怯えて座り込み身をふるわせている女中に伸しかかろうとする吉之丞に、治三郎は悠々、近づき、がしりと肩を摑んだかと思うと泥酔してふらふらの体を払った。女中を支え、やさしく立たせて逃がしてやる。吉之丞は仰向けに地に倒れ、笑い続けていた。

「恥さらしめ」

苛立たしげに、治三郎は息子を見下ろした。

吉之丞が父を見返す。その目に卯野は、ぞっとした。まるで黄泉へ通じる洞穴であるかのように暗く、うつろなのだ。

治三郎は息子を見捨て、駒の背を押し歩き出す。

駒は名を呼び続けているのだが、息子も夫もどちらも、それに応えはしなかった。

「吉之丞、吉之丞」

近ごろの飯島家は、荒れ果てていた。

吉之丞の、前から悪かった評判は奉行所の中でさらにひどいものになっている。その せいで、これまでは不出来な養子がいるにもかかわらず信頼され続けてきた治三郎の仕事ぶりにまで、不信の目を向ける輩(やから)が生まれ始めているという。

いつぞやの、髪結いが犯した盗みの罪をお蔦になすりつけようとした件が、どこからともなく知れ渡ったのがその理由らしい。生前の周太郎が気を利かせ、内々に済ませようとしたのも無駄に終わったというわけだ。

吉之丞を廃嫡としたいというのが治三郎の本音だろう。しかし他に養子に出来るような血縁の者がおらず、このまま吉之丞を後継とする以外、今のところ飯島家存続の道はない。

卯野は、そっと後ずさりをした。ところが何かにぶつかって、慌てて振り向く。そこにいたのは母の、八重だった。

卯野以上に戸惑い、渋く顔を歪めて、八重は吉之丞の様子をうかがっていた。騒ぎを聞きつけ、出てきたのだと言った。

池の端に、吉之丞の笑い声がまだ響いている。

「いつまでここにいられるでしょう」

八重が、ため息をもらした。

飯島家にあるこの借家に移ってきたのは、あくまでも仮の宿りとして、である。この先どうなるかはわからないが、なりゆきにまかせてみよう――八重がそう決めたのだ。

ところが早くもここは、どうも住み心地の悪い場所になりつつある。

八重は吉之丞の醜態に眉をひそめつつ、考え込んでいるようだ。

お蔦の声、虎之介の声が耳に大きくよみがえった。

『お嬢さん、髪結いの仕事をしてみたらどうでしょうかね』

『やってみなくちゃ始まらねぇよな』

卯野は八重に呼びかけた。

「お母さま。私が女髪結いになるのは、おいやですか」

八重の眉が、解かれた。

「私が髪結いを商いにして、そこそこのお客を持てたなら、ここから出ていくことも出来るかもしれません」

「おまえがここのところ、考え込んでいたのはそのことですか」

「はい」

「なるほど」

「お蔦さんが勧めてくださったのです」

「それで勇気が出ましたか」

「虎之介さまにも相談しました」

「それで、決めたのですか」

卯野が答えようとしたとき、夏の風にからむように重たげに、半鐘が鳴り始めた。

母娘は、はっと互いの目を見、そのあと空を仰ぐ。そこには煙も炎の色もない。鐘の音は、かすかに聞こえるものだった。

「どこかで火事が」

呟く卯野に、八重は強ばった顔で頷く。

火事はやはり、いやだ。あの不穏な音を聞くだけでも身がちぢむ。

「大丈夫、遠いわ。またいつもの小火ではないかしら。こちらまで来ることはないでしょう」

気持ちを引き立てるように、八重は明るい笑みを見せてきた。話を元に戻しはせず、

「さ、そろそろ出なければ。遅れますよ」

卯野の背に、やさしく手を添えてきた。

わざわざ聞かずとも、母には卯野の答えがわかっているのだろう。

去る前に振り向くと、吉之丞の笑いは止んでいた。だらしなく寝ころび、空を見上げ

たまま。その様子は、まだ鳴り止まない半鐘に、うっとりと聞き入っているかのようにも見える。ぞっ、と背筋が冷えた。

「そういえば」

背にある八重のてのひらに、もう気にするのはやめましょうとばかりに強さが増し、卯野は吉之丞を見るのをやめた。

「于蘭盆会がもうすぐ。お寺のお参りには、おまえ、行けるのかしら」

「わかりません。お休みをいただけるのかどうか、武井の奥方さまにうかがってみます」

周太郎の新盆が、近い。

武井家に着くのが、ふだんより遅れてしまった。

あくびをしながらとろりとした目で「おはよう」と挨拶してくる花絵に、会釈だけで応える。縁を走っていると、咎めてきたお留から、千鶴の居間へ行くようにと言われた。

「お蔦さんがいらっしゃっています。何かご用があるか、うかがっていらっしゃい」

思わず足を止め、お留を振り向いた。

お蔦は、定期的に千鶴の髪結いのために武井家を訪れる。今日もその日であるらしい。

卯野は大きく頷いた。母に話を切り出したそのすぐあと、お蔦に会えるとは、これはなんとも幸先がいい。

走り出すと、またお留の小言が飛ぶ。振り向きもせず、走りつづけた。

千鶴の居間が近づくと足を止め、そっと、けれども深く息を吸い込む。気持ちを整え、縁に膝をついた。

取り払われた障子の代わりに日よけのための簾が掛けられているのだが、朝方の今はまだ上げられたままで、風が気持ちよく部屋のなかに吹き込んでいる。辺りに響くのは蟬時雨だけ。千鶴の居間は、ひっそりとしていた。

「千鶴さま」

声をかけると、千鶴の目が動き、ゆったりと卯野を捉えた。

「あら、おはよう」

「おはようございます」

「何かご用かしら」

こちらがそれを訊くために来たはずなのだが、卯野は訊ねず、頷いた。

「はい。お蔦さんに用があって参りました」

「そう。では、お入りなさい。そこにお座りなさいな」

示されたのは、千鶴の真後ろから少し右にずれたあたり。お蔦の手もとがよく見える場所だった。卯野は、いそいそと従った。

お蔦は、高く取った髷の根元に真っ白な丈長を巻いているところだ。卯野には目もくれず、仕事に没頭している。千鶴の髪を、手早く、きりっとした島田に結い上げてゆく。

「いかがでしょう」

千鶴に手鏡が渡され、合わせ鏡にして出来を確かめた千鶴が「これでいいわ」と、のんびり言った。お蔦は千鶴に頷きかける。

そして、ふたりが一緒に卯野の目を見た。

「あたしに、なんのご用でしょう」

真っすぐに訊ねられ、卯野は怯んだ。

答えてしまっていいのだろうか。本当に、口にしてしまっていいのだろうか。ここから何が始まるのだろう。ここから何が変わってゆくのだろう。怖くて、指さきが冷えてくる。

それでも卯野は、ちいさくなろうとする自分に負けたくなくて、

『細けぇことなんぞ考えるな』

虎之介の声を頭のなかによみがえらせた。

あれこれ考えるより先に、まず進む。進んでみなければ何も始まりはしないのだ。

卯野は、両手を膝の上でしっかりと握りしめた。

落ち着こう、と努めたのだが、頭を空っぽにしようとしたのがここでは災いし、

「私も、髪結いを仕事にします」

なんの前置きもなく、唐突に切り出してしまった。が、お蔦はまるで動じない。

「仕事にしてみたい、ではなく、仕事にする、なのですね」

「はい」

「わかりました」

ふたりのやりとりをながめながら、千鶴はただ、にこにこと笑っている。

「では」

すまし顔で、お蔦が告げた。

「これから、最初の仕事にまいりましょう」

お蔦と共に、夢見心地で、卯野が向かった先は神田佐久間町の白屋。先日、千鶴のお供をして通りがかりに見た、神田川沿いにあるあの小間物屋(こまものや)である。白屋の内儀の髪を結いに行くのだ。いきなりそんな仕事をさせてもらえるのかと卯野は目を見張ったが、お蔦に笑い飛ばされた。

「まさか。お卯野さんは見てるだけ」

ほっと胸を撫でおろしつつ、がっかりもする。卯野の心中をすぐ見抜き、お蔦はまた笑った。

白屋に着くと、表通りから路地を抜けて裏口へまわる。お蔦は、ためらうことなく腰高障子を開けた。

そこは台所である。十一、二歳の少女が洗いものをしていた。白屋に奉公人はおらず、親も、まだ幼い子も助け合い、家族だけで商いをしているのだそうだ。この少女は、おそらく卯野が以前に見た内儀の、娘であるのだろう。

少女は、濡れた手を拭きながら明るく微笑んだ。

「おはようございます、お蔦さん」

「おはようございます。お内儀さんは」

「もう鏡の前に座っています」

お蔦を待ちかねていたのだという。

少女は名を、お夏といった。白屋の長女で、見かけは歳のとおりだが、口を開くと言葉が歳よりしっかりしている。どこか大人びた印象のある子だった。

慣れた様子で、お夏はお蔦を奥の居間へ導き、卯野もその後をついていった。

内儀は鏡の前から振り向き、

「おはようございます」

と挨拶したあと、お蔦が連れてきた見知らぬ女に気がついた。

「この子は髪結い見習いです。今日は仕事を見せるために連れてきたんですよ」

村井屋に連れて行ってもらったときとは違う言いまわしで、お蔦はさらりと卯野を紹介する。

あのときは〝弟子みたいなもの〟だったのだが、今日は〝髪結い見習い〟である。あまりにも急なことではあるが、卯野の女髪結いへの道はすでにもう始まっているのだ。

「邪魔にならないようにしていらっしゃい」

と言われ、卯野は緊張しながら頷いた。どこに座れ、とは示されなかったので、お蔦の手もとが見える場所にここでもまた陣取った。

「お願いしますね」

内儀が鏡越しに頭を下げ、お蔦の仕事は始まった。

髪がほどかれ、充分に梳かれ、前髪や髱、鬢などに分けられてゆく。

お蔦の手に見入っていた卯野は、膝の上にふと、あたたかなものが置かれてびくりとした。何かと見ると、それはちいさな手なのである。

やわらかそうな真っ白な甲から辿ってゆくと、手の主は幼い女の子で、卯野に、あどけない笑い顔を向けている。

「あらいやだ。お小夜、お姉さんの邪魔をしてはいけませんよ」

内儀が振り向き、女の子に手を伸ばした。お小夜と呼ばれた子は、笑ったまま卯野の膝にしがみついた。

「邪魔なんかしていない。お姉さんと一緒に、髪結いを見ているの」

「それがお邪魔なんです。お姉さんはお勉強中なのよ」

「お姉さん、手習いなんかしてないよ」

お小夜にとって勉強といえば、手習いのことであるらしい。内儀は苦笑した。

「そうではなくて、お姉さんは髪結いの――」

卯野は笑いながら、お小夜を膝の上に抱き上げた。

「大丈夫です。お小夜ちゃんと一緒に見せていただきますから」

「でも」

「邪魔なんかじゃありませんよ」

卯野の膝に甘え、お小夜は得意げに内儀を見る。

この子も白屋の娘なのだろう。前髪を伸ばしはじめたばかりのようで、肩で切りそろえた禿が可愛らしい。

娘を気にかけながらも、内儀は鏡に向き直った。

てきぱきと、お蔦が結ったのは丸髷だった。飾りは藍の縮緬に、鼈甲の櫛と簪。地味ではあるが、白屋のようなちいさな小間物屋の内儀にふさわしい、落ち着いた様子に仕上がった。

「いかがでしょう」

お蔦が訊ね、合わせ鏡を内儀と共にのぞき込み、出来の具合を確かめる。卯野も、お小夜を膝に抱きながら鏡をのぞき込んだ。

お蔦ならではのくふうは、特にない。それでも内儀は満足のようだ。

「ありがとうございます。今日もきれい」

これで仕事は終わり。あっけなく時間が過ぎてしまい、もの足りないような寂しさを覚えるほどだ。

卯野は膝からお小夜を下ろした。お小夜は卯野と遊びたげに見上げてくるのだが、内儀が察して娘を呼んだ。

「お邪魔をしてはいけませんと言ったでしょう」

不満げにしながらも、母に抱いてもらえるほうが嬉しいのは当然で、お小夜は差し出された腕のなかにおとなしく収まった。

内儀は、改めて卯野を見た。

「髪結いさんにおなりなのですか」

「はい」

「お蔦さんに見込まれたのなら、大層な腕前でいらっしゃるのでしょうねえ」

「いいえ、まだ私は……」

「いえいえ、お卯野さんは確かに、たいした腕前なのです」

お蔦が、涼しい顔で話に割り込んできた。謙遜の言葉を続けようとする卯野になどお構いなしに、こんなことまで言い出した。

「どうでしょう、お嬢さんたちの髪を、お卯野さんにまかせてはいただけないかしら」

卯野は驚き、大きく目を見開いた。

お蔦はこのあと、白屋の娘たちの髪も結うことになっているのだという。

「あら、それはいいわ。お小夜、お姉さんに髪をきれいにしてもらいましょうか」

内儀はお小夜をいとおしげに抱きしめて訊ね、お小夜は卯野に、期待たっぷりに輝く目を向けてきた。

お蔦は初めから、そのつもりで卯野を連れてきたのだろうか。ならばそのように言ってくれればいいのにと、うろたえているうちに他の娘もやって来た。

白屋の子どもは、三姉妹だという。

「一番は、お夏姉さん。二番めは、お千（せん）姉さん」

そして、わたし。うたうように、お小夜が語った。

お夏は十三、お千は十。末っ子のお小夜は七つ。しっかり者の長女に、もの静かな次女、おしゃまな三女という姉妹である。

「さ、お卯野さん、お願いしますね」

微笑みながらも厳しく、お蔦は卯野をうながした。卯野は頷き、覚悟を決めた。

きちんと髷を結うことが出来るほど伸びた髪のあるのは、お夏だけである。手のかからない髪の子からと、まずはお小夜から始めた。

お小夜は、はしゃぎながら鏡の前にひとりで座った。この子の髪は、肩の上で揃えてあるだけのおかっぱ、切りっぱなしのものなので、きれいに梳くだけでいい。丁寧に櫛を入れながら、可愛らしいおしゃべりを聞いた。

桃色が好き、蝶々のかたちが好き、と熱心に教えてくれたので、最後に両耳の脇の髪をひと房ずつ取り、桃いろの鹿の子の端ぎれを蝶々のように結んでやった。

次は、次女のお千。上機嫌の妹が母の膝の上へまっしぐらに戻っていったあと、恥ずかしそうに卯野に笑いかけながら鏡の前に座った。

まだ伸びきらない髪を大人のようにまとめるのは難しく、型のこだわりなく高めの場所でいくつかに分けたものを最後に合わせて髷にした。なるべく控えめになるよう藤色の鹿の子を添えると、お千に似合った。

「ありがとうございました」

ひっそりと礼を言い、お千は鏡の前から離れた。卯野は、ほっと息をついた。

最後はお夏である。

「桃割れがいいわ」

お蔦が、そこで初めて口を出した。するとお夏が喜んだ。

「嬉しい。大きなお姉さんのように結ってもらうのは初めてよ」

左右に分けて止めた髪で、ふたつの輪を作ってまとめ、髷にする。真ん中に桃色の丈長を結ぶと、

「蝶々さんだ」

お小夜が歓声を上げた。

三姉妹の髪結いは、それで終わり。娘たちも母親も、満足してくれているようだ。

卯野は、ちらりと横目でお蔦をうかがった。気づいたお蔦は頷いてくれたが、素っけない。褒められるほどの出来ではないが、まずまず、と評価してはもらえたのだろう。

片づけをしているうちに、お代が用意されていた。お蔦にだけでなく、卯野にももちろん渡された。

十八文。忘れもしない、周太郎が生きていたころ、義姉・千世の髪をお蔦に結ってもらったときの値とおなじ。

「子ども三人で、母親の私とおなじというのは気が引けますが」

などと内儀は言うのだが、卯野は、ただ驚いていた。

自分の髪結いが、初めて銭になったのだ。しかも十八文。

「お団子を四串よりも多いわ」

先日、虎之介と食べた団子のことを思い出し、つい、そんなつまらないたとえを呟い

てしまった。

四つひと串の団子は、四文。卯野はひと串で充分、腹がくちくなる。それを四串食うよりも価値があると思ってもらえたのだ。

「ありがとうございます」

渡されたものを、卯野は押しいただくようにしながら受け取った。


白屋から辞する前に、店にあるものを見せてもらいたい。

そう思いついた卯野がお蔦に問うと、今日の仕事はもうないから、一緒に見に行きましょうとの答えである。

裏口から出て表にまわり、暖簾（のれん）をくぐるとお夏が店番をしていた。

「見るだけでも、いいかしら」

はにかみ、卯野が訊ねると、お夏は「もちろん」と微笑む。

店先に並べられた櫛や紅筆、鹿の子の端切れなどをまず、じっくりと見る。そのあと、おしろい箱や紅板など、携帯用、化粧直し用のものとそれを入れる巾着が可愛らしいと歓声を上げた。

「その巾着は、叶屋さんから仕入れてます。中に入れるものの文様や色合いと合うものをと、叶屋さんと白屋とで話し合って作っているんですよ」

「まあ、そうなんですか」

「鹿の子の端切れも、叶屋さんから。お内儀のお絲さんの選ぶものは、みんなきれいで私も大好き」

「私、叶屋さんには一度、行ったことがあるきりなんです。また、ゆっくりとお店の品を見に行けたらいいわ」

卯野は、うっとり呟いた。

帰り道、日本橋界隈のにぎわいの中を抜けてゆく。

卯野はずっとしゃべり通しだった。

「今日の私の髪結いは、いかがでしたか」

訊ねることから始まり、

「よかったですよ。お内儀さんも娘さんたちも満足していらしたでしょう」

との答えをもらいはしたものの、

「ですが」

と少々の意見をもらえたのも嬉しくて聞きいった。

それが済むと、お蔦の髪結いに関して訊ねる。

「お蔦さんは、お内儀さんの髪を、とてもふつうに結っていらっしゃいましたよね。お蔦さんらしい特別なくふうはなかった」

「驚きましたか」

「はい」

「でも、見ていたお嬢さんとしては、なんだかつまらない。そういうことかしら」

からかうような調子のお蔦に、卯野は素直に頷いた。

お蔦は、大きく笑みを広げた。

「そうですね。お嬢さんは、髪結いがお好き。いろいろとくふうしてみるのがお好き。でもそれは、お嬢さんご自身の楽しみのため、満足のための髪結いだ。でもね、誰かの髪を結ってお代をいただく、つまり髪結いを仕事とするならば、まず第一に、お客に満足してもらうことが大事」

「お客さまの望むよう結うのが第一、ということですか」

「もちろん」

「それが、お客さまに似合う髪ではなかったとしても、ですか」

「そういうこともありますね」

「でも、それでは」

きちんと仕事をした、とは言えなくなるのではないだろうか。

「でも」

と、お蔦もおなじく返した。

「髪結いの仕事で、私たちが手にするのは、ひとの髪。ならば、そのひとのため、そのひとが嬉しいと思い満足するように仕上げてあげたいでしょう」

卯野は、黙って頷いた。

「くふうをしたい気持ちは、あたしにもわかりますよ」

お蔦は言う。

客の髪に触れながら、これがきれい、こうしてみたい、このように結えばよく似合い、もっと美しくなるはず、そう思うことがある。しかし、客のほうがそれを望んでくれなければどうしようもない。

そんなことは、当たり前にあるのだそうだ。

「もちろん、こうしてみたらいかがでしょう、と訊ねはします。それを受け入れてくれるお客もいる。頑固に自分の望みを通すお客もいる。様々あるから、面白いの」

そんな話のあれこれが卯野にはただ興味深く、頷きながら聞いているばかりだ。

やがてふたりは、十軒店から室町の通りに入った。室町の二丁目、駿河町の表通りのほとんどは、呉服問屋の越後屋が占めている。掛売り、つまり、まずは品物を納めておいて月末や盆暮れなどにまとめてお代をいただくという商いがふつうである中、越後屋は、

『現金掛け値なし』

を掲げ、店先で品物と引き換えにお代をいただく形で商っている。貸付分なしの値であるため、他の呉服屋より安く品物を客に届けることが出来、大層、繁盛している大店だ。

店先を丁稚（でっち）が掃き清め、水をまき、乾いて風に舞いあがる土や埃（ほこり）をおさめる。手代が客を店に導き入れる。晴れやかな声が様々、響き渡る。

そんな様子を見るともなしに見ながら、卯野は、思いついたことあれこれをお蔦に訊ねつづけた。

日本橋を渡り、南の界隈を抜け、楓川を渡る。橋を、渡りきろうとしているところだった。背後に、うわっと声が上がった。

「火事だ」

ふたり、慌てて振り向いた。目を合わせ、どちらからともなく来た道を走ってもどる。駆けつけてみると、楓川沿いにある薬種屋の暖簾に火がついたのがすぐに消されて小火にもならず、といったものでしかなかった。

近所の者たちが、手際よく後始末もつけてゆく。

「いつものことだ」

「たいしたことはねぇ」

「でも、今朝もあったばかりだよ。あれはもっとひどかった」

「まったく、どうなっているのかねえ」

集まった者たちが騒ぐ中、

「ああ、よかった」

お蔦が、胸を撫で下ろした。そのあとすぐ、気づかわしげに眉をひそめる。かたわらに立つ卯野が、ふるえながら小火の跡を見つめているのに気づいたからだ。

「火事はいやなものですね」

卯野の目を、やさしくのぞき込んだ。

「お江戸に火事はつきものですよ。これからも、何度でも、お嬢さんが火を見る機会はあるでしょう。でも負けてはだめ」

あたたかなまなざしが、胸に染みた。まだふるえながらではあるが、卯野は「はい」と頷いた。満足げにお蔦も頷き、さらりと、卯野から小火の後始末の様子へと視線の先をそらす。

そのとき卯野は、集まった人びとの中に知った顔を見た。

吉之丞である。大きくまぶたを開き、何かに取り憑かれでもしたかのように熱心に、焼け焦げた暖簾の残骸に見入っている。

その様子はなんとも不気味で、見たくはないのになぜか、卯野は目を離せなくなってしまった。

「お嬢さん、どうなさいました」

訊ねるお蔦も、吉之丞に気づいたようだ。

ちょうどそのとき、人ごみから、ぬっと現れた手が吉之丞の肩を乱暴に摑んだ。

虎之介の手なのである。摑んだ肩を強く引き、吉之丞の姿を野次馬の中に隠してしまった。

「なんでしょう、あれは」

呟くお蔦に目を合わせ、卯野もわからないと首を振る。


武井家に戻ると、仕事が待っていた。

花絵と並んで縫いものをした。千鶴の小袖の仕立て直しだ。花絵は足袋を縫っている。

花絵はもちろん縫いものも苦手で、先日、小袖の袖口を縫わせただけなのに大変なことになり、お留の信頼を完全に失った。雑巾縫いに格下げとなるところを、なんとか足袋止まりにしてもらったのだ。

「白屋に行ってきたんですってね」

花絵は、訊ねることで気が散ったようで、左の人さし指に針先を刺してしまい、顔をしかめた。

「はい」

「また、お蔦さんの仕事を見せてもらったのね」

「お内儀さんの髪結いを見せていただいて、そのあと、娘さんたちの髪を結わせてもらったの」

「子どもたちの髪を結ったのね。三人みんなの髪かしら」

白屋の子どもは三姉妹であると、花絵が知っていることに卯野は驚いた。

しかし、白屋では叶屋の品を扱っている。白屋の家族と花絵が知り合いであったとしても、なんの不思議もないだろう。

「みんなの髪を結わせてもらったの。可愛かったわ、三人とも。特に末っ子のお小夜ちゃん。私の膝の上で、お母さまの髪結いをずっと見ていたのよ」

「ふうん」

花絵は、不機嫌そうに鼻を鳴らす。

「あの子は実はいたずらっ子で、案外、侮れないのよ」

「あら、そうなんですか。お小夜ちゃんのいたずらならぜひ見てみたいわ」

きっと可愛らしいのでしょうね、と微笑む卯野に、花絵はまた鼻を鳴らしてみせ、縫いかけの足袋に針を刺した。

「あら、そのままにしちゃダメですよ。ここから目が歪んでる」

卯野が指さし、花絵の不機嫌はさらに増す。

「ああもう、縫いものなんて出来なくてもいいじゃないの。うちでは仕立て物はみんな、外に頼むのよ」

うんざりしながら花絵が言う、その通りで、武家では縫いものが女性のたしなみのひとつだが、花絵が育ったような裕福な商家では特に必要ない。

ものを売るのも商い、縫いものを引き受けるのも商い。商いで銭を得、暮らしている者同士、持ちつ持たれつの意味もある。

「でも花絵さんは、ここに行儀見習いに来ているのでしょう。縫いものも習いごとのうちのひとつですよ」

「わかってます」

とは言いつつ、隙あらば針も足袋も放り出したくてたまらない様子なのがよくわかる。

「上手にならなくてもいいのよ。ただ、ゆったりと座って縫いものに夢中になる時間を持つことで、花絵さんが——」

「少しはおとなしくなればいい、ってことでしょう。お卯野さん、あなた近ごろ、お留さんに言うことが似てきたわ」

ふくれっ面の花絵に、卯野が笑うと、花絵もつられて笑顔になる。

「ここに来てみてよかったことのひとつは、お卯野さんに会えたことね」

「私もそうだわ。花絵さんと会えてよかった」

ふたりは目を合わせ、また笑った。

「でもねえ」

花絵は深くため息をつき、足袋と針を恨めしげに見つめる。

「お料理もお掃除も縫いものも大嫌い。ああ、早く元の暮らしに戻れたらいいのに」

「あら。無理して奉公を続けなくとも、花絵さんは、いつでも叶屋に戻ることが出来るでしょう」

卯野が問うても花絵は答えず、顔をしかめるだけだった。


「お母さま」

卯野は、箸を持った手を膝に置き、向かいに座る母と真っすぐに目を合わせた。

「実は今朝、お蔦さんのおかげで、髪結いとしての初めての仕事をさせていただくことが出来ました」

八重は箸を止めることもなく、ただ微かに笑った。

「いつの間に、女髪結いになると決めていたのですか」

夕餉の膳に乗っているのは、茶漬け、そして小海老の佃煮。この佃煮が、甘辛の濃い味が香ばしさに絡んで言葉もないほどに旨い。千鶴が、

『卯野さまのお母さまにぜひ、食べてみていただきたいの』

と、持たせてくれたものだ。

旨いもの好きの千鶴は、自分が食べて満足するだけでなく、これぞと思ったものをひとに食べてもらい、これは旨いと頷いてもらうことにも至福を覚えるひとなのだ。先日の、あの団子も実に旨かった。千鶴の『旨い』に間違いはない。

「いつの間に……」

呟いたあと、卯野は肩をすくめた。

「いつの間にか決めてしまっていたんです」

「なるほど」

八重は簡単に納得した。

「お代には、十八文もいただきました」

「前に、千世どのの髪をお蔦さんに結っていただいたのとおなじではありませんか」

それには八重も驚いている。

「いったい、どなたの髪を結わせていただいてきたの」

「神田佐久間町にある小間物屋の白屋の、娘さんたちの髪です。三姉妹で、七つと十と十三歳。三人みんな結わせていただいて、お蔦さんの仕事ひとつとおなじ」

「ちいさな子たちの髪結いに、それほどのお代をくださったとは、ありがたいお話ですね。おそらく、お蔦さんの肝煎（きもいり）だったからこその大盤振る舞いなのでしょう」

「はい、そう思います」

「自分の腕を過信せぬよう、お蔦さんや白屋のみなさんへの感謝を忘れぬよう」

「はい」

卯野は大きく、力強く頷いた。

「それで、満足のいく仕事になったのですか」

「まだまだ思うことはたくさんありますが、子どもたちには喜んでもらえたようです」

とはいえ、次の仕事のあてがあるわけではない。当分、今の暮らしが変わることはないだろう。飯島家の借家に母娘で暮らし、卯野は武井家に奉公する。

それでも、とにかく始めてみることが出来たのだ。

「まずは、それでよい。きっと、明日につながる何かになるはずですよ」

八重が、頼もしく微笑んだ。

行燈(あんどん)の灯(あか)りに照らされた母娘ふたりの夕餉は、いつもより明るく楽しい時間となった。

三

七月の十二日。

明日から盂蘭盆会というその日、武井家では盆棚を整えるのに忙しくしていた。

お留の指示のもと、無駄口をきく暇もなく、卯野と花絵は働いた。

武井家では、先祖の御霊を迎えにゆく馬を、茄子で作る。小豆の目、ささげの尻尾、麻幹の足。花絵とふたり、どちらも不器用に仕立てる馬を笑い合う。

そこへひょっこり、虎之介が顔を見せた。

「おい卯野、周太郎の新盆のことは、どうなっている」

「お母さまが、支度をしてくださっています」

八重は昨日、さっそく、盆市に出かけて買い物を済ませている。

お藤を伴に連れていた去年までとは違い、ひとりで出かけていった市を、八重は随分と楽しんできたようだ。市のにぎわいや商人たちとのやりとりなど、興奮した様子で話してくれた。

「お母上も、今の暮らしにすっかり馴染んでおられるようだなあ」

虎之介の目が、やさしく緩んだ。

「墓へは行くのか」

「明後日はお休みをいただけるので、お母さまと出かけて、お兄さまをお迎えしてまいります」

「そうか。俺も今日、午すぎにでもひとりで出かけていいかな」

「お参りをしてくださるのですか」

「当たり前だ」

「嬉しい。ありがとうございます」

喜ぶ卯野の頭を、ぽんぽんと撫でたあと、

「寂しいよな」

虎之介は、ぽつりと呟いた。

「俺は今も、周太郎がいないのが寂しくてたまらない」

卯野に目を合わせ、やさしく微笑むのだが確かにとても寂しげで、こちらの胸も痛くなる。

もう一度、ふたりが共にいる姿を卯野も見たい。もう一度だけでいい、周太郎に会いたい……。

「久々に、ゆっくりふたりで話してくるよ」

ふらりと出てゆく虎之介の背を呼び止めたいと、卯野は思った。

訊ねたいことが、あるのだ。

先日の、白屋での仕事の帰りに遭遇した小火の現場で、吉之丞と共にいたのはなんだったのか。

しかし訊ねにくいのと、そばに花絵がいるので立ち入った身内の話を切り出すにはためらいがあり、結局、卯野は口を開かなかった。

「お卯野さんも、虎之介さまとは仲よしなのよね」

残りのささげを持ち、ぶらぶらと揺らしながら花絵が言った。

「はい」

卯野は微笑み、自分が作った馬を真菰に置いてみた。足のつけ方が悪かったようで倒れてしまい、花絵とふたり、大笑いをする。

「虎之介さまは、私にとってはふたり目のお兄さまのような方なんです」

馬の足の具合を見ながら、卯野は言った。

共に町奉行所、吟味方与力（ぎんみかたよりき）の役目を負う家柄にあり、浅岡家と武井家が親族同然のつきあいを続けていた昔、周太郎と虎之介はまるで、同い年の兄弟のようであった。

両家の子どもたちはどちらかの屋敷によく集まり、遊んだりしたものだ。千鶴はもちろん、のちに周太郎の妻となった千世もやって来ていた。

周太郎と虎之介が仲よし、千鶴と千世が仲よし。卯野は一番の年下で、どこの仲間にも入れず戸惑い、寂しい思いをしたのを覚えている。

ひとり、ぽつんと座って皆の騒ぎをながめていた。おとなたちは、それにまったく気づかなかった。

人形のように黙っていた卯野に、声をかけてくれたのは虎之介だ。あれは、いつかの正月だった。

『腹はくちくなったか』

からっぽにした膳に目を落としてから、卯野は頷いた。

虎之介は振り向き、千鶴を呼ぶ。卯野に鞠つきを教えてやれ、と言うと、千鶴はおっとり笑って応じた。

『お卯野ちゃん、こちらへいらっしゃい』

みそっかす、ちびの卯野に、虎之介は目を配っていてくれたのだ。

その後、千鶴や千世も卯野を気づかうようになりはしたが、やはり子どもで、自分たちの楽しみに気を惹かれてしまうことも多い。そんなときにはいつも、虎之介の声が飛んだ。

『次は卯野の番だな。卯野も羽根つきはうまいぞ。相手は誰だ』

いつの間にか虎之介は、卯野にとってもうひとりの兄といってもいい存在になっていた。

もちろん、虎之介のかたわらには常に実の兄・周太郎がいて、卯野を見守っていた。明るく開けっぴろげな性格の虎之介に対し、周太郎は生真面目でおとなしかった。声をかけてくるのは虎之介、しかし、周太郎が気づいて虎之助をうながすことも多かった。

子どもたちは次第に大きくなり、それぞれ立場が異なったこともあり、皆が集うことはなくなっていったのだが、虎之介と周太郎の仲は変わらなかった。

だからこそ、虎之介が今、吉之丞などと親しくしている理由が卯野にはまったくわからない。吉之丞は、虎之介と気の合う男などでは決してないはずなのだ。

その日は一日中、忙しく、武井家を出るのがいつもより遅くなってしまった。

急ぎ足で住まいに戻ると、八重が夕餉を調えてくれていた。

「疲れたでしょう」

母に労わられて恐縮しながら夕餉をとる、その途中から、卯野は居眠りを始めていた。

片づけも八重にまかせ、床をのべて横になる。夢も見ずに夜を過ごし、夜明けには早すぎる時間に目覚めてしまった。

もう少し眠りたいところだが、意識はすっきり晴れている。

隣の母を起こさぬよう気をつけながら、卯野は床を抜け出した。

夏の空に、まだ星が瞬いている。夜明けの霧がわき出しそうな空気が冷たくて心地よく、卯野は下駄を履いて縁を下りた。

ぶらぶらと歩くうち、冷たい水が欲しくなり、井戸端に向かう。ここに来たばかりのころ、やはり眠れず外に出てみたら、おなじ井戸端で吉之丞と共にいる虎之介と会ったことを思い出して少々、嫌な気分になった。

まさかおなじことが繰り返されるはずはない、と笑い飛ばしてみる。

ところが井戸端には、前に見たのとおなじ光景があるのだ。

吉之丞が地に寝そべり、濁りきった目で夜空を見上げていた。その目がこちらへ向けられた。

「また、おまえか」

無視して引き返そうとしたのだが思い直し、卯野は吉之丞のそばに立った。

相変わらず、薄い男だ。見た目の印象はもちろんだが、おそらく吉之丞という人間の心の中にあるのも薄く、つまらないものばかりなのに違いない。まともに嫌うことすら、もったいないような男。

だから卯野は、もの怖(お)じせずに口を開くことができた。

「先日、薬種問屋が小火を出したのに行き合いました」

「ふん」

「そこで、吉之丞さまをお見かけしました」

「だからなんだ」

「虎之介さまもいらっしゃいました」

「ああ、そうか」

「なぜ、おふたりとも、あんなところにいらしたのです」

「ふん」

鼻を鳴らしながら、吉之丞は笑った。不気味に歪む笑いなのに、恐ろしさを覚えてもいいはずなのに、やはり薄い。こちらに何も伝わっては来ないのだった。

卯野は重ねて問うた。

「吉之丞さまと虎之介さまは、さほど親しくはなかったはず。それがなぜ」

「周太郎が死んだら途端に、連れ立って出歩くようになったのか不思議だ、と言いたいのだろう」

「はい、そのとおり」

「俺が虎之介を誘うからだ」

「なぜでしょう」

「俺は、町奉行所与力として虎之介を探っておるのだ」

「探る……」

「阿呆（あほう）。おまえに教えてやっただろう。周太郎を陥れたのは虎之介に違いない、と。虎之介は周太郎の紙入れを盗み、村井屋に火をつけ、紙入れを残した。村井屋のつけ火の下手人（げしゅにん）は虎之介だ。他の騒ぎも虎之介がやった。薬種問屋の小火も虎之介なんだよ。またやるに違いないと察した俺は、あいつを止めるために出かけていった。止められなかったわけだがな。おまえが見たのは、その光景だ」

卯野は黙り込んだ。

卯野が見たのは、そんな光景ではない。小火の跡に見入る吉之丞、そこへ現れた虎之介。吉之丞が言うのとは逆に、虎之介が吉之丞を追いかけてきたふうであった。

背筋が、ふと冷えた。

村井屋のお晴が、周太郎の死の原因となったあの村井屋の小火のとき、

『お侍がいた』

知らないお侍だが、火が上がる前にお侍がいるのを見た、と言っていたのを思い出す。

あのお侍は、誰だったのだろう。

「虎之介はあれ以来、つけ火に魅了されたんだ。周太郎が憎くて陥れるためだけに思いついて火をつけたものの、やめられなくなった。炎というのは本当にきれいだからなあ。おまえ、知っているか。炎は、ひと色ではないのだぞ。紅の中に青がある。黄がある。緑も、黒もある。混じり合って、ゆらゆら揺れる。おまえ、見たことがあるか。本当に美しいものなんだ。おまえの言う、きれいというものなんだろう」

うっとりと語る吉之丞の目に奇妙な力が宿り、ふだんの、ただ薄いだけの男とは違う人間が見えてきた。

卯野は初めて、吉之丞を空恐ろしいものと感じた。

「虎之介は、その〝きれい〟に囚われた。もう周太郎はどうでもよくて、ただつけ火を楽しむようになったのだ。——いや待て、村井屋の前にも小火騒ぎはあったかな。では

あれは誰が火をつけたのだ。……わからなくなってきた」

ゆっくりと、吉之丞のまぶたが閉じられていった。

また薄いものに戻った姿を、卯野は見下ろした。

寝入ってしまっただろうと思われるまで、ただ見ていたあと、訊ねてみる。

「吉之丞さま、あなたは何をなさりたいのです」

吉之丞は動かない。

「あなたが一番になさりたいことは何……」

虎之介に訊ねたのとおなじ問い。

虎之介からはぜひ答えを聞きたいと思ったが、吉之丞から聞くのは怖い。それでもなぜか、問わずにはいられない。だから、眠っているところに訊ねるのはちょうどいいと思った。

満足し、去ろうとしたとき、ふいに吉之丞のまぶたが開き、卯野はぎくりと足を止めた。

「一番に、したいこと」

吉之丞は、どろりと重い目で星空を見上げ、呟く。

何か答えがあるのかと、卯野は緊張しながら待った。しかし、

「一番に、したいこと……」

おなじことをまた呟いただけで、吉之丞は本当に寝入ってしまった。

怖くて、卯野は小走りにその場を去った。


明けたその日は、七月の十三日。盂蘭盆会のはじまりだ。

十四日には休みをもらえるので、八重と墓参りに行くことになっている。まずは今日、武井家の先祖に感謝の気持ちを捧げたら、明日は周太郎と語らえるのだ。

早起きをしたのだしと、早めに家を出ながらも、卯野は吉之丞の奇行を見てしまったことで頭がいっぱいだった。

武井家では、十三日の午後に家族揃って先祖代々の魂を迎えるため、菩提寺に出向く。屋敷に帰り着いたころ、うまい具合に日が暮れて、迎え火が燃えていなければいけないのだと、お留が緊張している。

「先祖代々といったって、うちはほら、家系が入り乱れているから」

迎えてきた先祖とは血が遠かったり、なんてこともあるんだな――などと、虎之介が大笑いをした。

その隣には新太郎がちょこんと座り、楽しげに兄の横顔を見上げている。ふたりとも紋付の小袖と羽織、そして袴と、魂迎えのための、よそゆき姿である。

菩提寺に出かけるまでは特にすることもなく、手持ち無沙汰で奥の様子を見に来たらしい。そこにいたのは花絵と卯野。盆の支度は済んでいるため、いつもの掃除の最中である。

花絵が、床の間に飾られた花を「この花生けは重すぎるんです」と、うんざりしてみせながら虎之介に目をやった。暗に、虎之介に力仕事を頼もうとしているのだ。千鶴が生けたその花は、ちいさな実のついた柘榴(ざくろ)の花をたっぷりとあしらった、なんだか珍しいもので、確かに重そうではあった。

虎之介は、花絵をからかいながらも手を貸してやり、新太郎もそれを手伝う。

卯野は畳を拭きながら、ちらちらと虎之介を見ていた。

今朝の吉之丞のことを、聞いてもらいたい。

それに気づいた虎之介は、花絵が床の間を拭き終わると卯野に声をかけてきた。

「そうだ、卯野、俺はなんだか腹が減ったぞ。千鶴が旨い饅頭(まんじゅう)を隠し持ってるのを知っているんだ。盗みに行くのを手伝ってくれ」

にっ、と笑う。

そんな饅頭が本当にあるのかは、わからない。が、立ち上がる虎之介に、卯野はしたがった。

「姉さまの、あの饅頭だ。待ってろよ」

新太郎の頭を撫で、虎之介は縁へ出てゆく。花絵は何かを察しているのか、知らん顔である。

下駄を引っ掛けて庭に降り、何も言わぬまま、千鶴の居間ではなく蔵の前まで卯野を連れて行ってから、虎之介は口を開いた。

「で、何を言いたいんだ」

気持ちが通じていたことに驚きはない。卯野は、今朝の飯島家の井戸端での件を何ひとつ残すことなく虎之介に伝えた。

「俺が周太郎を陥れた――か」

虎之介は、ただ苦笑する。

「おまえ、あの薬種問屋の小火のとき、いたのか」

「はい。お蔦さんと一緒に」

「あいつ、何も言っていなかったな」

「お蔦さんは、たいした意味のあることだとは思わなかったのかもしれません」

と、すぐに応じはしたのだが、虎之介とお蔦は互いに起きた何もかもを話し合うような仲なのだろうかと、卯野は不思議に思った。

「まさか吉之丞の戯言を信じたりしては、いねぇよな」

「もちろんです」

「よかった。それなら安心だ」

「私が、虎之介さまがお兄さまを陥れた話など、この私が信じるわけはないでしょう」

「うん。それは俺も信じているが、嬉しいんだよ」

子どものように笑う虎之介に、卯野も、虎之介を慕う子どものころからの気持ちのままの笑みを返した。

「村井屋のお晴、か」

虎之介が、眉をひそめる。

「侍を見たんだな、あの小火騒ぎのとき」

「はい。そうおっしゃっていました」

「その侍は誰なのか」

「はい。それが気になります」

「周太郎の紙入れを盗んだ奴、周太郎に罪を着せて陥れようとした奴……」

「吉之丞さまが虎之介さまになぞらえていた、その男こそがお晴さまの見たお侍だったとしたら」

ふたりが目を合わせ、互いに思いついたことを口にしようとしたそのとき、

「火事だあ！」

怯えた声が辺りに響いた。

「飯島さまのお屋敷が、火事だ！」

虎之介が、卯野の手を取り走り出す。

「お母さまが」

「うん」

ふたりは武井家の裏門へと、一目散に向かっていった。


ところが、飯島の屋敷は静かだった。

火の気配もなく、あの声はなんだったのかと首をかしげる。それでも、火事は間違いだったと確信が持てるよう、ふたりは奥へと進んだ。

するとその先々に、麻幹のちいさな燃えかすが落ちているのである。ぽつりぽつり、ずっと続いている。

辿ってゆくと、その先に吉之丞がいた。

蔵のある奥の庭の真ん中に、かがみ込んでいる。麻幹をまとめた束が地に放り出してあり、吉之丞の手もとには火打石と火口(ほくち)がある。

虎之介と卯野は同時に息を呑み、立ち止まった。

麻幹に、吉之丞が起こした火が燃え移る。燃え始めた束を、無造作に取り上げる。それが熱いということも、手にしたら火傷(やけど)するに違いないことも、まったく気にならないようだった。

ぽい、と投げる。その先は蔵。

卯野の喉から、か細い悲鳴がほとばしった。

「迎え火だ」

と、聞こえた。

「周太郎――」

と続いた気がするのだが、卯野はただ悲鳴を上げていた。喉が痛みはじめても止めることが出来なかった。

真っ赤な炎が少しずつふくれ上がり、卯野の目に映る世界を染めてゆく。

燃える赤の中に吉之丞がいる。こちらを、ふと振り向いた。

吉之丞は微笑んでいた。暗く、寂しく笑っていた。ここにいるのが卯野だとは、わかっていないようだった。

「火事だ！」

誰かの声が響いた。

「ほら言ったろう、火事だよ！　吉之丞さまが火をつけたんだ！」

最初に聞いたのとおなじ声かもしれない。吉之丞が麻幹に火をつけながら歩いてゆくのを見た奉公人の誰かが、火事だと叫び助けを呼びに出たのだろう。

卯野は悲鳴を上げ続けていた。

火事は嫌いだ。火は怖い。これを〝きれい〟だなどと思えるようになる日は決してこないに違いない。

「卯野」

誰かに肩を摑まれた。

振りほどこうと暴れる卯野を、その手は乱暴に押さえつける。

「黙りなさい。すぐに火は消えるから」

喉の痛みが、ふと和らいだ。

気づくと卯野は、虎之介の腕に守られていた。

その中から目を凝らすと、蔵が燃え始めているのが見える。

まだ痛む喉から、短い悲鳴がまた漏れた。

「大丈夫、すぐに消える」

卯野を安心させようと、虎之介は言うのだが、

「違う」

吉之丞が笑った。

「消えぬ。この炎は消えないよ。卯野、おまえに問われて気がついた。俺はこうしたかった。この屋敷を燃やしたかった。屋敷ごと、飯島家というもの、すべてを。燃やしてなくしてしまいたい。それが俺の、一番にしたいこと、なのだ」

蔵を燃やす炎の色が、ふくらんだ。

「きれいだろう。卯野、おまえはこれが好きだろう。これは周太郎を迎える火だ。妹のおまえが好きな〝きれい〟に燃やしてやった。周太郎は喜んでいるに違いない」

それは違う、と叫ぼうとした卯野を、虎之介が制した。

吉之丞は、うっとりと蕩ける目を炎に向けた。

「消えぬ。消えたら、周太郎が帰ってこられない」

「おまえは、周太郎に帰ってきてほしいのか」

虎之介は、落ち着いた声で吉之丞に訊ねた。

「うん」

子どものように素直に、吉之丞は頷いた。

「周太郎に会いたいよ。――会いたい」

「なぜだ。俺は、おまえが周太郎は嫌いだと言うのを聞いたぞ」

「嫌いだ。あれほど人を嫌ったことはないなあ。……いや、あるかな。俺には嫌いな奴しかおらぬからな」

ひとり、またひとり、ゆっくりと名を挙げていった。卯野の知らない、おそらく町奉行所の役人たちであろう中に、治三郎と駒夫妻の名がさりげなく紛れ込んでいることに、ぞっとする。

「いや、俺は思うのだが」

延々と続く名の羅列を、虎之介が遮った。

「周太郎は、おまえの憧れだったのではないかな」

「憧れ」

「そうだ」

「あこがれ……」

「あいつのように、おまえも生まれつきたかったのではないか。しかるべき家の嫡男、生真面目で勤勉でやさしい人柄、町奉行所与力としての働きが皆から認められ尊敬されている。周太郎は、そんな男だった」

「そうだな」

力なく、吉之丞は頷いた。

「おまえも、そういうものでありたかったのではないか。おまえは、周太郎に憧れていたんだ」

吉之丞は、うつろな目を上げた。

「虎之介、それはおまえだっておなじだろう。俺とおまえは似たような生まれ、育ち――いや、おまえのほうが、もっとひどいな。俺が周太郎に憧れていたというのなら、おまえも同じであったはず。違うか」

虎之介は頷かなかった。

「虎之介、だからおまえは周太郎を陥れた。紙入れを盗んだ、つけ火の濡れ衣を着せた。おまえがやったんだ。周太郎を妬み、おまえが――」

次第に激しくなってゆく、その声を遮り、虎之介が静かに訊ねた。

「おまえが、やったのだな」

吉之丞は、くちびるの端を歪めて笑った。醜く卑しい笑いなのだが、なぜか幼くも見え、せつない。

「それは俺がしたことではない。吉之丞、おまえがやったんだ」

すがるように、吉之丞は虎之介を見つめた。

「周太郎を妬み、紙入れを盗み、つけ火の濡れ衣を着せ、俺は」

「おまえは何をした」

「俺は――」

「言ってしまえ。言っていいんだ、気が楽になる」

「俺は――俺が、周太郎を殺したのだ」

虎之介の腕の中、卯野は大きく身をふるわせた。その腕から、力が抜けてゆくのを感じる。卯野を支えにするかのように抱きしめて、

「やっと言った……」

虎之介は呟いた。

そのひと言で、卯野にはわかった。

虎之介が周太郎が亡くなったあと、吉之丞と親しくしていたのは、そのためだったのだ。おそらく早いうちから、虎之介は吉之丞を疑っていたのだろう。どこかで隙を見せないか、何か証拠を見つけられはしないか——願いながら吉之丞を探っていたのに違いない。

吉之丞も、それを知っていたのだろう。だから、自分と虎之介を置き換えた話を、卯野にした。

「やっと言った……」

また、虎之介は呟いた。

卯野は、虎之介をしっかりと抱き返した。

ふたりは、おなじ思いを抱きしめ合った。それは複雑なものではあるが、ひと言で言い表せる。

周太郎への思慕——。

その間にも、蔵を焼く炎はふくれ上がってゆく。

流されてゆく煙とその臭いに、まだ屋敷の中にいた者たちも炙り出されてきた。火事だ、と叫ぶいくつもの声が重なり響く。

駒の姿もある。まず気づかわしげに辺りを見まわし火を消すよう指示したものの、すぐ、吉之丞の足元にあるものに気がつき凍りついた。麻幹の束、火打石に火口。

「俺が、周太郎を殺しました」

吉之丞は駒を真っすぐに見た。

駒は理解が出来ない様子で、くちびるに半笑いを浮かべた。

「周太郎どのは自害なされたのですよ」

「違う。俺が周太郎を殺した。俺が陥れたから周太郎は――」

母と息子は、互いに目をそらさず立ち尽くした。

そちらも気にはなるのだが、卯野は虎之介に訴えた。

「お母さまを探さなくては」

八重の姿が見えないのだ。何より、母の無事を確かめたい。

虎之介は頷き、卯野を抱えたまま走り出した。

それでも、と卯野は飯島母子の様子をうかがってみた。ゆっくりと地に崩れ落ちる駒、それを気にも留めず炎に目を細める吉之丞の姿が、ちらりと見えた。

醜い炎が天高く舞い上がり、蔵を舐め、風を舐める。

蔵は完全に焼け落ちて、母屋にも燃え移った火が飯島家の屋敷を無残な姿に変え果てた。

四

幸い、母の八重は無事であった。母娘の住まいは少しも焼けなかったものの、火消しの騒ぎの中、屋根を壊されてしまった。その夜から路頭に迷うことになった母娘を、あたたかく武井家の皆が迎え入れてくれた。

駒は必死に、この火事のことを内々におさめて吉之丞を庇おうとしたらしい。しかし、さすがにそれは無理というものだ。

吉之丞は支配頭の調べを受けることとなった。

驚くほど素直に、吉之丞はすべてを語ったのだという。

駒がお蔦を貶(おとし)めようとしたために起きた髪結い絡みの事件の、あの騒動で、吉之丞は周太郎から憐(あわ)れみを受けたかのようになってしまった。それが悔しくてたまらなかった。日ごろから何かと、助けたり庇ったりしてくるのにもうんざりしていたのだ。溜まっていた鬱憤があふれ、逆上した吉之丞は、周太郎をどうにかしてやりたい、優等生すぎるあの男を地に引きずり下ろしてやりたい、そんな暗い気持ちを募らせてゆく。

ある日の奉行所で、周太郎の紙入れを吉之丞が盗み取れる隙があった。周太郎が同輩に、妻がくれたものだと、はにかみながら披露した、そのすぐあとだという。周太郎は上役から声をかけられそちらを見、そばにいた同輩も別のことに気を取られた。

吉之丞は、迷わず紙入れに手を伸ばした。

村井屋に火をつけたのはもちろん吉之丞で、周太郎に罪を着せるために紙入れを現場に残した。村井屋の娘・お晴が見たお侍というのも吉之丞で間違いはないだろう。

「きれいだった」

炎がいかに美しいものであるのか、吉之丞はうっとりと支配頭に語った。

「間近でご覧になったことはありますか。特に、自分で作り出した火の美しさといったら」

格別なのですよ。

「旨いものを食うときとおなじ、極上の女に触れるときとおなじ、いや、それ以上でしょうか」

また味わいたくて、町屋に火を放ったこともある。それをも吉之丞は認めた。

「周太郎には悪いことをしました」

まさか、無実を訴えるため周太郎が自害までするとは思いもよらなかったのだという。

「あいつらしい」

吉之丞は笑った。

自分の罪を省み、悔いるふうでは、まったくなかった。周太郎を、のんびりと懐かしんでいるようにも見える。

「そういう男だ」

だから嫌いだった。

だからわたしは、周太郎を陥れたのです。

すべてを告白しながらずっと、吉之丞は微笑んでいた。

五

やがて吉之丞に、評定所（ひょうじょうしょ）より切腹が言い渡された。

養父の飯島治三郎は家名の存続をあきらめ、駒とふたり、縁故を頼って信州のどこだかに移り住み、隠居すると決めたそうだ。

卯野と八重は、飯島の屋敷が燃えた日以来、駒とも誰とも顔を合わせることなく、武井家の世話になっている。卯野は変わらず奉公に勤（いそ）しみ、八重も何か手伝いをと申し出ると、

「では、わたくしの話し相手を、ぜひ」

との、奥方の美津からの答えであった。毎日、ふたりでのんびり茶を飲んで語らい、並んで縫いものをしたりするだけだ。食事も、卯野は花絵たちと一緒だが、八重は美津や千鶴と共に摂る。

若いころから親しくしてきた美津とのそんな日々が、八重にとって楽しくないわけはない。

しかし、

「こんなことではいけませんね」

吉之丞に切腹の裁きが下ったと知らされた夜、床をのべて灯りを消す前に、八重は苦笑した。

「私たちはもう武家の者ではありません。それなのに美津さまとおなじように毎日を過ごしているのは、おかしい」

「でも、お母さま」

卯野としては、母が穏やかに日々、暮らしてくれているのは嬉しいことだ。そのように取り計らってくれている美津には、ただただ頭の下がる思いである。

「美津さまはきっと、私たちをずっと甘やかしてくださるに違いない。私たちをここに住まわせてくださり、卯野にはよい嫁ぎ先を見つけてくださる。でも、それは違うでしょう」

背筋をきれいに伸ばして座した八重は、卯野をやさしく見つめた。

「卯野、あなたのしたいことは何ですか」

「髪結いです」

ためらうことなく卯野が答えると、八重も、

「では、ここを出て、ふたりだけで暮らしてゆくことを考えましょう」

それがいとも簡単なことであるかのように言うのである。

卯野は戸惑い、慌てた。

「どこへ行くというのです」

「さあ、まだ私にもわかりませんが」

「ゆくゆくは、そうしなければならないと私も考えておりましたが」

「お蔦さんに訊ねてみるというのはどうでしょう。住まいを探すお手伝いをしていただけるかもしれません」

実際、今のところ卯野たちが頼ることの出来る〝町の者〟は、お蔦ひとりだけだと言える。

花絵の名も思い浮かびはするが正直、花絵では心もとない。花絵としても、頼られても困るだけに違いない。

「そうですね。お蔦さんに話を聞いていただきましょう」

頷きはしたが、卯野は、いまだ気持ちをきちんと落ち着けられないままだった。

吉之丞の罪があらわになったことで、母娘の行く末が大きく変わった。まだしばらくは武井家の奉公を続けながら八丁堀に住まわせてもらい、時折、髪結いの仕事をもらえたらその機会を逃さず次につなげ、いつかは——と、ゆっくり歩めると思っていたのに、これではあまりにも速すぎる。

「お母さま」

灯りを消し、床に横たわりながら卯野は呼びかけた。

「ずっと、うかがいたいと思っていたことがあるのです」

「何でしょう」

「お母さまはなぜ、浅岡家を終わらせると決められたのですか」

家名を残す道はあった。ところが、八重はそれを手放した。

「なぜだったのでしょうかね」

闇の中、困惑まじりの笑いが伝わってきた。

「実は私にも、わからないのです」

まさかそんな言葉が返るとは思っておらず、卯野は驚いた。

「あのときのお母さまは、随分とご立派でしたよ」

浅岡家を終わらせると宣言したときの八重の態度は、実にきっぱりしたものだった。何か秘めた理由、秘めた決意があるに違いないと卯野は思っていたのだ。

「そんなものはありませんよ。ただ、そうすべきだと思った——いえ、そうすべきだとわかった、というのかしら」

卯野は首をめぐらせ、隣で横になる母へと目を凝らした。深夜の闇は濃く、母の顔はうかがい知れない。しかし、落ちついた息づかいを感じ取ることは出来た。

「ひらめきというものなのでしょうね。なぜなのかがわからない。けれども、ひらめくのです、そうしなければならないと、わかるの。とても不思議なことですが」

卯野にはまだ、そんな経験はない。半信半疑で「そんなことがあるのですか」と唸った。

「いつか、おまえにもそんなときが訪れるかもしれませんね。とにかく、あるのですよ、そういうことが」

「お母さまにとっては、初めてのひらめきではなかったのですか」

「前にも一度、ありましたよ。だから、わかるのです。ひらめいたら、それにしたがい進んでゆくと、いつか、なぜそうすべきだったのか理由も見えてくる。——案外」

八重がこちらを見る気配があった。

「おまえの明日は髪結いとして生きる道へとつながっていて、何かが私にそれを教えてくれたのかもしれません。――そうであると、いいのだけれど」

八重の声は、まだどこか不安げだった。

卯野も不安だ。しかし、切に願った。そんな明日が待っていてくれたらいい。すべての出来事はそのために起きたのだ、それでよかった、今はあのころよりも幸せだ――と、いつか母娘でしみじみ語り合えればいい。

やっと卯野の気持ちは落ち着いた。そして心も決まった。

「明日、虎之介さまに相談しましょう。きっと、虎之介さまがお蔦さんにつないでくださいますよ」

お蔦に関することは、まずは虎之介を頼ればいいのだ。そうすれば、きっとすべてがうまくいく。

話は、とんとんと進んだ。

千鶴の髪結いに来たついでに、お蔦は八重のところへ顔を出した。卯野も呼び寄せ、

「実はね、あたしの住まいの隣が、ちょうど空いたところなんですよ」

お蔦の住まいは、日本橋南、呉服町にある長屋だそうだ。楓川を渡った向こう、千代田(ちよだ)のお城の堀に面した通りの奥で、八丁堀からもさほど遠くない。

表通りには叶屋があり、路地を入ってすぐ、二階建ての、長屋としては広々とした住みやすい建物だという。

「どうでしょう、そちらに越していらしてはいかが。大家さんには私が話をつけますから」

との申し出に頭を下げ、お蔦にまかせることにした。

美津が寂しがる中、母娘は引っ越しの準備を始めた。

飯島家に残してあるものが、少しある。それを取りに行きがてら、駒に挨拶をしてこようという話になった。飯島夫妻は、まだ信州へ旅立っていないという。

飯島の屋敷は、火事の片づけがまだすんでおらず、奉公人もすべて去ったあとなのか人の気配もなく、ただひっそりと無残な姿をさらしていた。

少々の着るものや台所道具など、ふたりで持ち帰れるほどしかなかったが、それをまとめて抱え、駒の姿をさがしに出た。ところが、どこにも見当たらなかった。

「やはり、ご挨拶はなしにしたほうが良いかもしれませんね」

向こうにとっても気まずかろう、と八重が言った。

結局、誰にも会うことなく裏門を出ようとしたとき、ふと何か引かれるものを覚え、卯野は後ろを振り向いた。

蔵の陰になった暗がりに、駒がいる。

こちらを見ていた。なにを伝えようとしているふうもなく、ただ見ていた。どうしたらいいのかわからず、卯野もただ見つめ返していると、やがて、深々と頭を下げてくる。卯野の様子に気づいた八重も、そちらへ目をやった。駒は、まだ頭を上げていなかった。

「このまま行きましょう」

八重は卯野をうながし、歩き始める。

「駒さまが私たちを住まわせてくださったのには、本当に、謝罪の意味があったのかもしれませんね」

「駒さまのことを、ただうるさい方だと疎んじていられた昔が、なんだか懐かしいように思えます」

「あの方はあの方なりに悩みもし、傷つきもし、けれど負けないようにと無理をし、毅然と生きていらっしゃったのでしょう」

「駒さまの髪を結わせていただく機会があったらよかったのに」

髪結いをさせてもらえたら、駒の心に親しく触れることが出来、人となりを理解することも出来たのかもしれない。

しかし、八重は首を振った。

「私は、よほどのことがないかぎり他人に自分の髪を触らせたりしない方であり続けてほしいと思いますよ」

なるほど、と卯野は頷く。

「そのほうが駒さまらしい」

「ね。あの方は、きっとあのままで良いのです」

ふたりは、目を見合わせて微笑んだ。


浅岡家の菩提寺は、小石川の喜運寺である。

周太郎のための迎え火も送り火も結局、焚くことが出来ず、墓にも参っていないのを、母娘はずっと気にしていた。

「八丁堀を出る前に、周太郎に会いに行きましょうか」

八重が言い、早朝に駕籠を頼み、ふたりきりで出かけることにした。

以前の、春夏の彼岸などの墓参りは、卯野にとっては行楽のようなものだった。周太郎が非番であれば家族揃って出かけたが、大抵は母と卯野、千世の女三人と、供の者。帰りがけに足を延ばし、千世が千鶴から勧められた評判の茶店に寄り、甘いものを食べてのんびりする。それが何より楽しみだった。

しかし今日は、亡き周太郎を悼み、八丁堀で与力の娘として生きた日々を悼み、さらには明日からのことを周太郎に報告するために来た。

「このお花、どなたが供えてくださったのでしょう」

墓石の前に、むき出しのまま無造作に置かれた数本の白菊に、八重が気づいた。

「虎之介さまではないかしら。お参りしてくださると、おっしゃっていました」

八重は、頷きながら目を細めた。

黙々と墓まわりの掃除をし、香花を供える。白菊は、乱暴な置かれ方がなんとも虎之介らしいと思われたので、手をつけずそのままにしておいた。

ふたり、並んで手を合わせた。

卯野はまず浅岡家の先祖に、家名を断つと決めたことを改めて謝罪した。そして周太郎に語りかける。

思いは胸にあふれている。兄に聞いてもらいたいことがたくさんあり過ぎて、どうしたらいいのかわからなくなる。

あれもこれも、と、すべてを言葉にしようとしたのだが、どうしても無理だった。

まぶたを閉じたまま考えてみたのちに、卯野は結局、あきらめた。

周太郎に伝える話は、ひとつだけでいい。

――お兄さま。

卯野はこれから、女髪結いとして生きてゆこうと思います。

驚かれるでしょうか。

それとも、やはりな、と微笑んでくださいますか。

「さ、そろそろ戻りましょうか」

八重の声に、卯野はまぶたを開いた。

「お母さまは、お兄さまとどんなお話をなさったのですか」

立ち上がりながら母に訊ねる。八重は笑うだけで答えなかったが、卯野は「私は」と、母にも伝えた。すると八重は、

「周太郎はきっと、卯野ならもちろんその道を選ぶに違いない、と笑っていることでしょう」

そう言い、眦を、あたたかく緩ませた。

母娘は同時に空を仰ぎ見て、亡き人、亡き日々への別れを告げる。

その翌日に、八丁堀を出た。

荷物はすでに新しい住まいに運び入れてあり、日本橋呉服町の長屋にはすでに何度か出かけていたのだが、まだ、どうにも慣れない。

木戸を抜け、卯野と八重が路地に踏み入ると、奥にある稲荷に参ってきたところなのか幼子を連れた若い女が足を止め、こちらを見た。あきらかに侵入者を訝しむふうで、居心地の悪さにふたりは肩をすくめる。

しかし、新居では虎之介が待っていた。

「まあ、いらしてくださっていたのですか」

驚く卯野に虎之介は、にっと笑ってみせた。

「見送るより、出迎えるほうが楽しいからな」

武井家の皆が見送ってくれた中に姿がなく、用事があって出かけてしまったのかと卯野は寂しく思っていたのである。

心細さが、ひといきに消えた。

腰高障子（こしだかしょうじ）を開けると、まずは土間に台所。そして一間、その奥に障子があって開けると縁、ちいさな庭がついている。二階へつながっているのは梯子（はしご）のように急な階段で、母が間違って足を踏み外さぬよう気をつけなければと、卯野は心配している。

虎之介は一階の、土間を上がったところに座っていた。挨拶を交わすのももどかしげに、自分の前に置いたものを自慢げに指し示す。

「どうだ」

看板である。

軒下に吊（つ）るすように出来ており、縦が十寸、横が五、六寸ほどであろうか。

『女髪結いうけたまわります』

下手くそだが味のある字で書かれている。

「俺が書いた」

虎之介はやはり自慢げで、天井に鼻を向けて笑った。

「ここには指物師のじいさんがいるんだ。そいつに作らせた。まあなんだな、俺からの餞(はなむけ)とでもいうのかな」

「ありがとうございます」

ちいさな声で礼を言うのが精いっぱいだった。嬉しくて、ありがたくて涙が出そうだ。

虎之介はさっさと立ち上がり、障子を開けて外に出た。軒下にはすでに、看板を吊るすための準備が出来ている。

「どうだ」

また自慢げに、吊るした看板を示してみせる。

「看板を出したからといって仕事が来るわけでもねぇけどな」

「でもこれで、私は女髪結いです、と世の中に胸を張った気持ちになります」

三人で、風に揺れる看板を見上げていたところ、隣家の障子が開いた。

顔を見せたのは、お蔦である。

「あら、今日が引っ越しだったんですね」

愛想よく笑い、八重と丁寧な挨拶を交わし、ご贔屓さんのお誘いで深川に行くのだと、いそいそ出かけていった。

その後ろを見送り、我が家を振り向こうとして、卯野はふと気がついた。お蔦の住まいには看板が出ていない。なぜなのかと訊ねると、

「お蔦に看板はいらねぇだろ」

虎之介は、何を今さら、という顔をした。

「あいつが誰であるのかを知らねぇ奴なんか、この辺りにはひとりだっていやしねぇよ」

つまり、それほど特別な存在であるということだ。

「私も、そんなふうになれるでしょうか」

「さあな」

虎之介は卯野の背をぽんと叩いて土間に戻りながら、力仕事があればすませていくから言ってくれと、八重に声をかけている。

「……なりたいわ」

卯野は、そっと呟いた。

どこからか赤児(あかご)の泣き声が響いてきた。それに重なるようにして、三味線の音が聞こえ始める。ふいに子どものはしゃぐ声が上がり、叱る母親の声が続く。八丁堀にあった浅岡家よりずっと狭い中に、人びとの暮らしがひしめき合っている。常に何かの音、誰かの声がある。いったい、ここにはいくつの家があり、幾人が生きているのだろう。

静かな武家屋敷に生まれ育った卯野にとって、にぎやかで乱雑で落ち着きのないこの長屋は、やはりどうにも慣れない場所だ。

それでもここから、卯野の明日が始まる。ここで、卯野は、武家の娘から町の女髪結いへと生まれ変わるのだ。

少しでも早くここに馴染めるよう、この喧騒に溶け込めるよう、卯野は大きく声を張った。

「虎之介さま、私にも何かお手伝い出来ることはありますか」

解説

日下三蔵

倉本由布は一九八四年に作家デビューして以来、三十年以上のキャリアがあり、ほぼ百冊におよぶ著書を刊行しているベテラン作家である。にもかかわらず、大半の読者にとって、その名前は初耳であろうと思われる。それは倉本由布が少女小説という特殊なジャンルをホームグラウンドとして活動してきたからに他ならない。

倉本作品の面白さを語るためには、まず少女小説の世界の概略と、その中での倉本由布の立ち位置について説明する必要があるだろう。

現在は若者向けの小説は「ライトノベル」と総称されることが多いが、七〇年代までは少年小説、少女小説と呼ばれていた。当時のマンガ雑誌には、週刊誌にも月刊誌にも小説作品が連載されていたし、旺文社の「〇〇時代」、学習研究社の「〇〇コース」といったいわゆる学年誌にも、学園小説、推理小説、ＳＦなど多くの小説が載っていた。

集英社は六六年に少女向けの小説誌「小説ジュニア」を創刊しており、その掲載作品を中心に集英社コバルト・ブックスという単行本シリーズを出していた。秋元書房からは秋元ジュニアシリーズ、朝日ソノラマからはサンヤングシリーズが刊行されており、ジュニア小説は大きな市場を形成していた。それだけ子どもの読者が多かったのである。

折からの文庫ブームに乗って、七三年に秋元書房から秋元文庫、七五年に朝日ソノラマからソノラマ文庫、七六年に少女小説をメインにした集英社文庫コバルトシリーズが創刊された。ちなみに現在の集英社文庫が創刊されたのは七七年だから、集英社文庫コバルトシリーズの創刊の方が早かったのだ。なお、集英社文庫コバルトシリーズは九〇年からシンプルに集英社コバルト文庫と改称されている。

集英社文庫コバルトシリーズの初期ラインナップを見ると、富島健夫、佐藤愛子、赤松光夫、藤木靖子、平岩弓枝らの学園もの、恋愛ものが大半を占めている。小泉喜美子、辻真先のミステリ、眉村卓、豊田有恒らのSFもあるが、いずれにしても一般向けの作品を書いている既成作家が、併行して少女ものも手がけていたのだ。

ここに変化が現れたのは八〇年である。七七年に「さようならアルルカン」で第十回小説ジュニア青春小説新人賞の佳作を受賞していた氷室冴子が学園コメディー『クララ白書』を、『あたしの中の……』（77年／奇想天外社）でデビューしていた新井素子が長篇SF『いつか猫になる日まで』を、相次いで刊行したのだ。

氷室冴子は五七年生まれ、新井素子は六〇年生まれである。少女読者と年齢の近い二十代作家の作品は読者から熱狂的に受け入れられ、氷室冴子は『雑居時代』『ざ・ちぇんじ！』、〈なんて素敵にジャパネスク〉シリーズ、新井素子は〈星へ行く船〉シリーズを次々に刊行、正本ノン（53年生まれ）、田中雅美（58年生まれ）、久美沙織（59年生まれ）らとともに、コバルト黄金時代を支えることになる。

倉本由布がデビューした八四年は、ジュニア小説界に世代交代の波が押し寄せてきた、ちょうどそのときであった。

倉本由布は一九六七（昭和四二）年、静岡県浜松市に生まれた。高校在学中の八四年、第三回コバルトノベル大賞に投じた「サマーグリーン～夏の終わりに～」が佳作に入選。同年、「時計じかけの夏」が「Cobalt」秋号に掲載されて作家デビュー。「Cobalt」は八二年に「小説ジュニア」の後継として創刊された少女小説の季刊誌である。

八五年に刊行された最初の著書『恋は風いろ不思議いろ』は、まだ旧来の少女小説然とした装丁だったが、翌

年の第二作『シナモンハウスの午後』になるとマンガ家の槇夢民がイラストを手がけていて、両者を見比べると過渡期に登場した作家であることが、よく分かる。

八〇年代以降、集英社文庫コバルトシリーズでもソノラマ文庫でも、マンガ家やアニメーターが作品イラストを描くのが主流になっていった。新井素子〈星へ行く船〉シリーズのイラストは竹宮恵子（現・惠子）だし、久美沙織〈丘の家のミッキー〉シリーズのイラストはマンガ家のめるへんめーかー、山浦弘靖のミステリ〈星子ひとり旅〉シリーズのイラストはアニメーターの服部あゆみ（後にマンガ家としても活躍）であった。

こうした小説とイラストを一つのパッケージとして若者向けに発信するスタイルは、現在のライトノベルのやり方の源流でもある。

以後、八六年に『ガラスの靴に約束』、八七年に『夜あけの海の物語』『秘密の夏を花束にして』、八八年に『ポケットにハート時計』『プリティ・プリティ』『星姫紀行』、八九年に『さよならから始まる物語』『イヴたちへの伝言』『さよなら、夏のシルエット』『雪あかり幻想』とコンスタントに作品を刊行。この時期の作品はファンタジー要素を含むものもあるが、基本的には現代を舞台にした恋愛ものである。九〇年にスタートした〈天使のカノン〉シリーズは九三年までに全九巻が刊行された。

〈天使のカノン〉シリーズ継続中の九一年に刊行された『夢鏡　義高と大姫のものがたり』は、少女小説には珍しい本格的な時代小説であった。もちろん恋愛がメインになっているとはいえ、ファンタジーではない時代ものを書くのはコバルトでは冒険だったと思う。だが、この作品は読者に支持され、倉本由布は時代ものをメインに活躍するようになるのである。

『雪の系譜―竹御所・鞠子（まりこ）―』、〈鎌倉盛衰記〉シリーズ（全三巻）、『千の夢を見る～義経転生幻想記～』『月の夜舟で～平家ものがたり抄～』、そしてタイトルに「きっと」を冠した〈きっと〉シリーズは九五年から二〇〇二年まで書き継がれて全二十巻におよぶロングヒットとなった。

他に少女マンガのノベライズ『あなたとスキャンダル』（95年／原作・椎名（しいな）あゆみ）、〈高校デビュー〉シリーズ（07～08年／原作・河原和音（かわはらかずね））六冊があり、コバルト文庫以外から出た青春小説に『セシルの夏』『エデンの週末』『もう逢えないかもしれない』（90～91年／角川スニーカー文庫）、『夢あわせ』（92年／学習研究社）などがある。

変わったところでは古典のリライト『21世紀によむ日本の古典3　竹取物語・伊勢物語』（01年／ポプラ社）という著書もあるが、基本的に倉本由布は少女小説の世界ひとすじに活躍してきた作家といえるだろう。年代や性別のちがう読者からは気づかれにくい存在であり、先ほど「大半の読者にとって、その名前は初耳であろうと思われる」と述べた理由も、ここにある。

本書『ゆめ結び　むすめ髪結い夢暦』は、そんな著者が初めて一般向けの読者に書き下ろした時代小説作品なのである。

　ジュニア小説でデビューして成功を収めた作家は、ある程度のキャリアを積むと一般向けの作品に進出する傾向がある。対象読者と年齢差が生じて制約のない作品を書いてみたくなるのだろう。コバルト・ノベル大賞受賞作家では、第四回大賞の藤本ひとみが九二年に西洋歴史小説『ブルボンの封印』（新潮社）で一般向け作品を手がけてから、「転身」する作家が多くなったようだ。

　第十回佳作の山本文緒は二〇〇〇年に『プラナリア』（文藝春秋）で第百二十四回直木賞を、第三回大賞の唯川恵は〇一年に『肩ごしの恋人』（マガジンハウス）で第百二十六回直木賞を、第二十三回読者大賞の須賀しのぶは一六年に『革命前夜』（文藝春秋）で第十八回大藪春彦賞を、それぞれ受賞。第八回大賞の図子慧はSF、ミステリ、ホラーの各ジャンルで、第十三回佳作の若木未生はSFアクションで、第十八回読者大賞の立原とうや（現・立原透耶）はホラーで、それぞれ活躍している。

　前身の小説ジュニア短編小説新人賞まで含めれば、第三回の佳作を受賞してコバルトで二十冊以上を刊行した竹内志麻子は、九九年に『ぼっけえ、きょうてえ』（角川書店）で第六回日本ホラー小説大賞を受賞して岩井志麻子として再デビューしている。『なぞの転校生』や『ねらわれた学園』といったジュニアSFの名作を書かれた眉村卓さんにうかがったところでは、年少の読者には作家の知名度など関係ない、一回一回が面白いかつまらないかだけで判断される、ジュニア小説はある意味では実力至上主義の世界ですよ、とのことであった（眉村さんは「Cobalt」の常連寄稿者で、コバルト・ノベル大賞の初代審査員の一人でもある。倉本由布がデビューした第三回でも審査員を務めていた）。

つまりジュニア小説から転進した人が簡単に一般文芸でも成功しているのではなく、それだけの実力を持った人でなければ、ジュニア小説の世界で長く人気作家でいることはできない、ということだ。

コバルト文庫では鎌倉時代を舞台にした作品が多かった倉本由布だが、本書は一般読者にも馴染みのある江戸時代が舞台である。水野忠邦が老中だというから幕末の少し前に当たる天保年間（一八三〇～四四年）の話ということになる。

北町奉行所の与力を務める浅岡周太郎の妹・卯野は十六歳の元気な少女だ。女性の着物、特に髪の結い方に興味があり、橋のたもとで道行く人々の髪を見ているのが好きという、少々かわった趣味を持っている。

兄嫁の千世、母の八重、女中のお藤と五人暮らしだが、ある日、千世が頼んだ髪結いのお蔦の妙技に魅せられてしまう。周太郎の友人・武井虎之介と、その妹の千鶴。袋物屋の叶屋の次女で武井家に奉公に来ている花絵。年番方与力・飯島治三郎の妻で組屋敷のうるさがたとして知られる駒、その養子で奉行所の見習いの吉之丞。

さまざまな人たちに囲まれた卯野の日常は、盗難事件や放火事件に遭遇することはあったものの、概ね平穏に過ぎていたが、意外な人の死によって、その運命は大きく変わっていくことになる――。

卯野が髪結いとして独り立ちするまでの物語は、ジュニア小説時代に比べてかなり落ち着いた文体で綴られており、この解説のような余計な情報がなければ作者がジュニア小説出身と気づく読者はいないだろう。

恋愛の要素もあるが、卯野の立場からはむしろ、仕事をすること、つまり社会の中で生きるとは何か、を考えることに比重が置かれていて、どの世代の読者であっても共感を覚えずにはいられないと思う。

それでいて、この作家の本質がコバルト時代から変わっていないのは、九五年の作品『月の夜舟で~平家ものがたり抄~』の「あとがき」を見れば一目瞭然である。

死んでゆくひとと残されるひと――その、想い。

それを追いかけるというテーマは、私が、自分ではそれと気づかないうちに何度も何度も挑戦してしまっているものです。

大体、コバルト・ノベル大賞で佳作をいただいた作品からして、そうだったもの。

本書で「残される」ことになった卯野の「これから」の物語が紡がれるにせよ、あるいはまったく新たな登場人物の新たな作品が書かれるにせよ、遅れてきた新鋭時代小説作家・倉本由布の力量は、既にご覧いただいたとおりである。早くも次回作への大きな期待を覚えるのは、私だけではあるまい。

（くさか・さんぞう　文芸評論家）

本書は、集英社文庫のために書き下ろされた作品です。

集英社文庫 目録（日本文学）

北森鴻 孔雀狂想曲
城戸真亜子 ほんわか介護
木村元彦 誇り ドラガン・ストイコビッチの軌跡
木村元彦 悪者見参
木村元彦 オシムの言葉
木村元彦 蹴る群れ
京極夏彦 どすこい。
京極夏彦 南極。
京極夏彦 文庫版 虚言少年
桐野夏生 リアルワールド
桐野夏生 I'm sorry, mama.
桐野夏生 IN
櫛木理宇 赤と白
久住昌之 野武士、西へ 二年間の散歩
工藤直子 象のブランコ ——とうちゃんと
久保寺健彦 ハロワ！

熊谷達也 ウエンカムイの爪
熊谷達也 漂泊の牙
熊谷達也 まほろばの疾風
熊谷達也 山背郷
熊谷達也 相剋の森
熊谷達也 荒蝦夷
熊谷達也 モビィ・ドール
熊谷達也 氷結の森
熊谷達也 銀狼王
雲田康夫 豆腐バカ 世界に挑み続けた20年
倉本由布 ゆめ結び むすめ髪結い夢暦
栗田有起 ハミザベス
栗田有起 お縫い子テルミー
栗田有起 オテル モル
栗田有起 マルコの夢
黒岩重吾 黒岩重吾のどかんたれ人生塾

黒川祥子 誕生日を知らない女の子 虐待——その後の子どもたち
黒木瞳 母の言い訳
桑田真澄 挑む力 桑田真澄の生き方
桑原水菜 箱根たんでむ 駕籠かきゼンワビ疾駆帖
見城徹 編集者という病い
小池真理子 恋人と逢わない夜に
小池真理子 いとしき男たちよ
小池真理子 あなたから逃れられない
小池真理子 悪女と呼ばれた女たち
小池真理子 双面の天使
小池真理子 無伴奏
小池真理子 妻の女友達
小池真理子 ナルキッソスの鏡
小池真理子 倒錯の庭
小池真理子 危険な食卓
小池真理子 怪しい隣人

集英社文庫　目録（日本文学）

集英社文庫　目録（日本文学）

集英社文庫　目録（日本文学）

早乙女貢　続会津士魂五 開牧に賭ける
早乙女貢　続会津士魂六 反逆への序曲
早乙女貢　続会津士魂七 会津抜刀隊
早乙女貢　続会津士魂八 甦る山河
早乙女貢　わが師山本周五郎
早乙女貢　竜馬を斬った男
早乙女貢　奇兵隊の叛乱
酒井順子　トイレは小説より奇なり
酒井順子　モノ欲しい女
酒井順子　世渡り作法術
酒井順子　自意識過剰！
酒井順子　おばさん未満
酒井順子　紫式部の欲望
酒井順子　この年齢（とし）だった！
酒井順子　泡沫日記
坂口安吾　堕落論

坂口恭平　TOKYO一坪遺産
坂村　健　痛快！コンピュータ学
佐川光晴　おれのおばさん
佐川光晴　おれたちの青空
佐川光晴　あたらしい家族
佐川光晴　おれたちの約束
さくらももこ　ももこのいきもの図鑑
さくらももこ　もものかんづめ
さくらももこ　さるのこしかけ
さくらももこ　たいのおかしら
さくらももこ　まるむし帳
さくらももこ　あのころ
さくらももこ　のほほん絵日記
さくらももこ　まる子だった
さくらももこ・土屋賢二　ツチケンモモコラーゲン
さくらももこ　ももこの話

さくらももこ　ももこの宝石物語
さくらももこ　さくら日和
さくらももこ　ももこのよりぬき絵日記①〜④
桜井　進　夢中になる！江戸の数学
櫻井よしこ　世の中意外に科学的
桜木紫乃　ホテルローヤル
桜沢エリカ　女を磨く大人の恋愛ゼミナール
桜庭一樹　ばらばら死体の夜
佐々涼子　エンジェルフライト 国際霊柩送還士
佐々木譲　犬どもの栄光
佐々木譲　五稜郭残党伝
佐々木譲　雪よ荒野よ
佐々木譲　総督と呼ばれた男(上)(下)
佐々木譲　冒険者カストロ
佐々木譲　帰らざる荒野
佐々木譲　仮借なき明日

集英社文庫　目録（日本文学）

佐々木譲　夜を急ぐ者よ
佐々木譲　回廊封鎖
佐藤愛子　憤怒のぬかるみ
佐藤愛子　死ぬための生き方
佐藤愛子　結構なファミリー
佐藤愛子　風の行方(上)(下)
佐藤愛子　こたつの人　自讃ユーモア短篇集一
佐藤愛子　大黒柱の孤独　自讃ユーモア短篇集二
佐藤愛子　不運は面白い 幸福は退屈だ　人間についての断章326
佐藤愛子　老残のたしなみ　日々是上機嫌
佐藤愛子　不敵雑記　たしなみなし
佐藤愛子　自讃ユーモアエッセイ集　これが佐藤愛子だ　1〜8
佐藤愛子　日本人の一大事
佐藤愛子　花は六十
佐藤愛子　幸福の絵
佐藤賢一　ジャガーになった男
佐藤賢一　傭兵ピエール(上)(下)
佐藤賢一　赤目のジャック
佐藤賢一　王妃の離婚
佐藤賢一　カルチェ・ラタン
佐藤賢一　オクシタニア(上)(下)
佐藤賢一　革命のライオン　小説フランス革命1
佐藤賢一　パリの蜂起　小説フランス革命2
佐藤賢一　バスティーユの陥落　小説フランス革命3
佐藤賢一　聖者の戦い　小説フランス革命4
佐藤賢一　議会の迷走　小説フランス革命5
佐藤賢一　シスマの危機　小説フランス革命6
佐藤賢一　王の逃亡　小説フランス革命7
佐藤賢一　フイヤン派の野望　小説フランス革命8
佐藤賢一　戦争の足音　小説フランス革命9
佐藤賢一　ジロンド派の興亡　小説フランス革命10
佐藤賢一　八月の蜂起　小説フランス革命11
佐藤賢一　共和政の樹立　小説フランス革命12
佐藤賢一　サン・キュロットの暴走　小説フランス革命13
佐藤賢一　ジャコバン派の独裁　小説フランス革命14
佐藤賢一　粛清の嵐　小説フランス革命15
佐藤賢一　徳の政治　小説フランス革命16
佐藤賢一　ダントン派の処刑　小説フランス革命17
佐藤賢一　革命の終焉　小説フランス革命18
佐藤正午　永遠の½
佐藤多佳子　夏から夏へ
佐藤初女　おむすびの祈り　「森のイスキア」こころの歳時記
佐藤初女　いのちの森の台所
佐藤真海　ラッキーガール
佐藤真由美　恋する短歌　22 short love stories
佐藤真由美　恋する歌音（カノン）　こころに効く恋愛短歌50
佐藤真由美　恋する四字熟語
佐藤真由美　恋する世界文学

集英社文庫

ゆめ結(むす)び　むすめ髪結(かみゆ)い夢暦(ゆめごよみ)

2016年7月25日　第1刷　　　定価はカバーに表示してあります。

著　者　倉本由布(くらもとゆう)

発行者　村田登志江

発行所　株式会社　集英社

東京都千代田区一ツ橋2-5-10　〒101-8050

電話　【編集部】03-3230-6095

【読者係】03-3230-6080

【販売部】03-3230-6393（書店専用）

印　刷　凸版印刷株式会社

製　本　加藤製本株式会社

フォーマットデザイン　アリヤマデザインストア　　　マークデザイン　居山浩二

ISBN978-4-08-745472-7 C0193